COLLECTION FOLIO

Pascal Quignard

L'homme aux trois lettres

Dernier royaume XI

Gallimard

Pascal Quignard est né en 1948 à Verneuil-sur-Avre (France). Il vit à Paris. Il est l'auteur de plusieurs romans (*Le salon du Wurtemberg, Tous les matins du monde, Terrasse à Rome, Villa Amalia, Les solidarités mystérieuses, Les larmes, L'amour la mer*) et de nombreux essais où la fiction est mêlée à la réflexion (*Petits traités, Dernier royaume*).

CHAPITRE PREMIER

J'aime les livres. J'aime leur monde. J'aime être dans la nuée que chacun d'eux forme, qui s'élève, qui s'étire. J'aime à en poursuivre la lecture. J'éprouve de l'excitation à en retrouver le poids léger et le volume dans l'intérieur de la paume. J'aime vieillir dans leur silence, dans la longue phrase qui passe sous les yeux. C'est une rive bouleversante, à l'écart du monde, qui donne sur le monde, mais qui n'y intervient en aucune façon. C'est un chant solitaire que seul celui qui lit entend. L'absence de son externe, l'absence totale de tapage, de gémissement, de huée, l'éloignement maximum de la vocalisation et de la foule des humains que les livres permettent, ramènent une très profonde musique qui a commencé avant que le monde apparaisse. La vraie musique peut-être la relaie elle aussi dès lors qu'elle est écrite. *Amo litteras.* J'aime les lettres. Musique silencieuse des styles des écrivains que l'on préfère : ils sont comme autant de nudités, bouleversantes, particulières, intimes, touchantes, incomparables. L'eau de Nerval dans les forêts pleines d'étangs et de sources qui entourent Chantilly et sa vaste lumière transparente. La baie de Chateaubriand et son bruit incessant, éclaboussant, violent, de ressac dans les roches de granit noir jusqu'à la presqu'île de Saint-Malo, jusqu'à l'embouchure de la Rance et ses algues infinies. Les voyages de Montaigne à cheval sur les chemins de Suisse et d'Italie, secs, sinueux, poussiéreux, urineux, soudain désarçonné près de sa tour, au plus fort des guerres perpétuelles, civiles, religieuses. L'écho violent des coups de mousquet de la Fronde qui se répercute sur les murs des rues resserrées de Paris, les barricades qu'on dresse avec des barriques, avec des tonneaux, avec des futailles qu'on a remplies de pierres, avec des cris rauques et abrupts, des cris terribles, des cris d'égorgés dans La Rochefoucauld. Les haies et les fossés, les chênes, les animaux, les héros, les oiseaux de La Fontaine dans les bois et les collines qui entourent Soissons, Villers-Cotterêts, La Ferté-Milon. Les Alpes sublimes de Rousseau aux crêts couverts de neige.

*

Croc-Blanc, au début du merveilleux roman de Jack London, est un tout petit chiot délicieux et humide. Il vient de naître. On ne peut pas vraiment dire qu'il ait « vu le jour » en naissant car la louve a mis bas tout au fond d'une grotte. Petit à petit, en l'absence de sa mère, il explore l'espace qui l'entoure à l'intérieur de la cavité tellement obscure. Le louveteau minuscule voit soudain, au fond de la caverne, comme un rectangle blanc dans la pénombre. Il se dirige vers ce « mur de lumière ». Il ne sait pas que ce « mur de lumière » s'ouvre. Que cette page de lumière permet de sortir dans la beauté du monde. Il découvre dans l'exaltation que cette paroi de lumière est un espace libre, qui se traverse, qui donne accès à un tout autre royaume que cette poche si étroite et si sombre où il était à vivre jusque-là dans la faim et le confinement. Il avance prudemment sa patte sur le rectangle de lumière.

Le mur lumineux s'ouvre.

*

Le livre s'ouvre.

Lire réécarquille le passage vers la vie, le passage par où la vie passe, la brusque lumière qui naît avec la naissance.

Lire découvre la nature, explore, fait surgir l'expérience dans la pâleur de l'air, comme si on naissait.

*

Le livre codex ouvre deux pages. C'est un angle, dans l'espace, où le visage s'introduit, où la vue plonge.

Dans la chambre, c'est un coin ou un recoin

ou une encoignure, ou un grand dossier matelassé, ou deux énormes oreillers superposés où le corps de celui qui lit se cale, s'isole, se replie, se détend, s'abandonne, s'absorbe.

L'angle des murailles où se rencoigne le lecteur et l'angle que configurent les pages qu'il entrouvre sous ses yeux composent un monde.

C'est une fissure où gagner silencieusement « l'autre monde » du monde où on vit.

L'âme s'enfonce dans cette fissure.

*

« Le Saint-Esprit habite dans les fentes des rochers. » Le Père dominicain Jacques de Voragine a glosé le passage « Le Saint-Esprit habite dans les fentes des rochers » par « Les fentes des rochers sont les plaies de Notre Seigneur Jésus-Christ ». L'auteur de la *Légende dorée* dit qu'il faut glisser sa main dans les plaies des dieux et dans les fentes des grottes des déesses afin d'entrer en contact avec la force agissante, expansive, orageuse, fulgurante dont elles sont les images dans l'espace après en avoir été les fruits dans la genèse du monde.

*

« Che silenzio ! » s'exclama le Bernin quand on dévoila sous ses yeux deux grandes bacchanales qu'on venait d'apporter du Poussin.

Il arrive que le silence des tableaux ajoute son silence au silence des livres.

Mais, plus encore que ces deux silences particuliers qui s'additionnent – et l'étrange paix qu'ils induisent à l'intérieur même du désir qu'ils éveillent l'un dans le monde de l'image, l'autre dans le monde du symbole –, il y a quelque chose de fascinant à voir quelqu'un lire en silence.

Saint Augustin resta bouche bée en contemplant saint Ambroise lisant sans que ses lèvres bougent dans le chœur de la cathédrale.

On est à Milan. La municipalité a mis au concours une chaire de rhétorique. Augustin n'est pas encore chrétien, il n'a pas trente ans, il postule. Le jeune rhéteur africain, après avoir noté son nom sur le rôle municipal, entre dans l'ancienne basilique.

Au fond de l'ombre de la nef, dans le chœur, derrière la grille d'or, dans sa grande chaise cathédrale, l'évêque de la cité de Milan, saint Ambroise, est assis.

Il est de profil, il regarde devant lui, dans une espèce de vide. Il ne regarde rien de précis.

Il ne regarde pas en vérité ce qu'il voit, ni véritablement le livre qu'il tient entre ses mains.

Il regarde, devant lui, dans le vide.

Vidimus tacite... « Nous l'avons vu ainsi lire, tacitement, et jamais autrement, et pendant un très long temps, assis. Sa voix et sa langue se tenaient dans le plus complet repos. » *Vox autem et lingua quiescebant*. Durant une longue durée de silence (*in diuturno silentio*), à l'intérieur de son livre, saint Ambroise échappait à la basilique ; il s'évadait entièrement du murmure de la foule des fidèles ; il se retirait du monde public dans sa lecture silencieuse.

Ce que saint Augustin voit, au-delà de l'évêque de Milan bouche close, c'est un silence de siècles successifs qui s'amasse et se contracte dans la pénombre de la basilique ancienne. C'est un silence de siècles d'écrits qui continue d'engloutir l'évêque qui suit simplement du regard les lignes, dont le visage ne bouge pas, mais dont le corps n'est plus vraiment là, dont l'âme s'est égarée très loin du lieu où se tient le corps.

Augustin se fait baptiser le 25 avril 387 pour avoir vu un homme lire.

*

Pour le plaisir de la traduction, je m'attarde sur cette sublime scène. Je cite Aemar Hennequin, évêque de Rennes en Bretagne, l'année 1509, au coin de la rue Ferraudière, à l'Horloge. Il traduit de la manière suivante le passage qui concerne l'évêque Ambroise dans la basilique de Milan et qui rapporte l'extase qu'éprouve Augustin en train de le regarder lire : « Sa façon de vivre estoit telle que, quand il estoit retiré de l'audience qu'il donnoit, laquelle duroit fort long temps, il prenoit un livre de l'escriture saincte, et, quand il estudioit, il avoit les yeux tout fichez sur son livre, sans le tourner ny çà ny là, et ne disoit pas un mot, donnant repos à sa langue et à sa voix, pour le grand travail qu'il avoit eu le reste du jour de parler, et recherchoit soigneusement en son cœur l'interprétation et connoissance des difficultez qu'il trouvoit en lisant. Souventes fois, lors que nous estions présens en sa chambre, nous l'avons veu lire en ceste façon, c'est à dire sans remuer les lèvres, se tenant en grand silence et requoy, et presque jamais je ne l'ay veu lire autrement. »

J'aime ce mot de « requoy » dont use l'évêque de Rennes. J'aime ce mot qui s'est perdu au fond de son livre, au fond de la Bretagne. Il est peut-être le mot clé du livre que j'écris. Il définit si précisément la lecture car il mêle le silence (la lecture coite) et le recoin, le retrait, le repos (le requiem, le requoy).

Et saint Augustin ajoute :

« Pourquoi est-ce que je rapporte ce récit ? Simplement dans le dessein que quiconque le lira et moi-même nous mesurions la profondeur de l'abîme d'où nos cris doivent provenir afin de s'élever vers toi. »

*

Il en va des humains qui lisent comme des oiseaux qui migrent dans le chant qu'ils élèvent.

Qu'est-ce qui pousse des compagnies sans nombre de vieux serpents, de petits oiseaux, soudain, à s'envoler, toutes affaires cessantes, sans aucune pause, sans manger, pendant des milliers de kilomètres, dans une direction dont l'objet est invisible ?

Les visages des petits nourrissons anorexiques ressemblent souvent à ceux des oiseaux. Aux yeux attentifs des rapaces. Aux yeux immenses des chouettes effraies.

Tels sont les yeux disproportionnés des lecteurs.

Un homme placé dans les circonstances de la détresse peut trouver un refuge dans l'hallucination.

Pendant quelque temps ce refuge lui permet de survivre.

*

Noli abscondere a me faciem tuam !

Ne me dérobez pas votre face ! Cette face est la page du livre.

*

Monsieur de Pontchâteau faisait office de jardinier dans le monastère de Port-Royal des Champs. Il jardinait, il prenait sa binette, il poussait sa brouette à deux roues (sa berouette), il revenait de l'étang avec la cruche ou l'arrosoir ou le seau – mais il aimait plus que tout lire. Il a écrit, en 1678, dans son journal : « Je n'ai pas vu d'autre clarté aujourd'hui que celle qui se tient sur la mèche de ma lampe. » Il penche son visage vers cette lueur. Il approche la joue de la flamme et c'est ainsi qu'il y réchauffe son regard. Et face à sa face, dans l'ombre de sa cellule, la face de la page s'éclaire en tremblant sous ses yeux. Monsieur de Pontchâteau avait toujours ce mot de *L'Imitation de Jésus-Christ* à la bouche : *Quaesivi in omnibus requiem et nusquam inveni nisi in angulo cum libro.* J'ai cherché partout dans ce monde le repos (le requiem, le requoy) et je ne l'ai nulle part trouvé que dans un coin avec un livre.

Dans un angle que forment deux pages, qui elles-mêmes reflètent le rayonnement de la flamme, qui le répercutent sur le nez et le front de celui qui les parcourt, qui illumine les lettres écrites.

Lire déserte immédiatement le monde dès l'instant où le volume est ouvert et que le sens qu'on y trouve ou qu'on espère y obtenir passionne cette perpétuelle recherche qu'est une âme.

Le lecteur est un sorcier sur son petit tapis volant de deux pages qui passe les mers, franchit les plus grandes distances, saute les millénaires.

On rapporte que Lao-tseu, quand il fut arrivé à la frontière de la Chine, prit le bœuf qui le portait, le plia en quatre et le glissa dans la poche de sa robe. C'est ainsi qu'il gravit les marches, franchit la Grande Muraille et se rendit en Inde.

Iter ad paradisum d'Alexandre le Grand fut écrit en 1150. Alexandre, qui n'avait jamais composé cette œuvre, était mort depuis si longtemps, on ne sait où. Son corps, son char, ses chevaux, son tombeau sont demeurés introuvables sur la route de l'Inde où Lao-tseu lui-même se rendait.

Ce livre latin fut traduit en français, à Strasbourg, sous le titre merveilleux de *Voyage au paradis terrestre.*

*

Augustin médita sur la contemplation, sur le silence, sur l'enfance, sur le désir, sur le temps, sur l'extase, sur le rêve, sur le voyage au paradis terrestre. Il écrivait : « J'ai peine à compter mon enfance au nombre de mes jours. Je m'évertue en vain à la fondre aux saisons que j'ai vécues et à ce siècle où nous sommes. Dans la région ténébreuse de mes oublis (*ad oblivionis meae tenebras*), mon enfance est toute semblable au temps que j'ai passé dans le ventre de ma mère (*in matris utero*). Si j'ai été conçu dans l'iniquité, si c'est dans le péché que ma mère me nourrissait tandis que j'étais encore logé en elle, où ai-je été innocent ? Quand ai-je été innocent ? Il me faut omettre ce temps et cette enfance. Quelle relation puis-je entretenir avec eux puisque je n'en trouve plus en moi les vestiges ? »

En ouvrant les livres. En s'y logeant. En lisant.

*

Un jour de l'année 1611, Monsieur de Saint-Cyran fit construire pour son ami Cornelius Jansen, grâce à l'habileté d'un menuisier de Campirat, un fauteuil à l'un des bras duquel avait été adapté un pupitre.

C'est Jansenius en personne qui avait dessiné le plan du bras fixé au pupitre pour pouvoir étudier avec le plus de commodité possible.

Qu'est-ce qu'étudier ? Étudier, c'est lire en écrivant.

Jansenius habita véritablement ce fauteuil.

Son corps ne le quittait même pas pour se coucher.

L'aube l'y trouvait tout à coup, la tête tombée en avant, près du carreau de sa fenêtre que le premier rayon du soleil frappait, dans le silence frais de l'aube toute neuve, lui intimant de tourner les pages de nouveau et de recommencer de lire jusqu'à la nuit prochaine.

*

Il y a un « sens muet » que chaque livre montre. A silent sense. Il faut peut-être réfléchir plus avant ce « sens muet » (*sensus mutus*) que Cicéron décrit dans le *De oratore*, et dont il prétend qu'il va plus vite que la langue acquise.

Émotion qui a quitté le dialogue, qui s'est dépouillée des étapes de la signification, qui ne cherche plus à être approuvée par les autres hommes à l'aide du langage.

Ne me parle pas de la mer, plonge.

Ne me parle pas de la montagne, gravis.

Ne me parle pas de ce livre, lis, avance plus loin encore ta tête dans l'abîme où ton âme se perd.

CHAPITRE II

La lettre de Zeami à Kanze

Au-dessus de la grande basilique en pierres noires surplombant la rive de plus de sept mètres, sa fenêtre donne sur l'eau qui passe. Tout le domaine dont il est le propriétaire suit le flot de l'Allier et en longe le bord. Il est long et maigre sous la toge. On voit l'os de sa mâchoire, on voit celui de sa clavicule, on voit sa pomme d'Adam anguleuse, et même fiévreuse, au bord du haut de sa tunique. Les mouvements des pommes d'Adam sont aussi involontaires que les images qui traversent les rêves. Il écrit : « J'appelle solitude la foule. »

De façon plus articulée, très précise, Sidoine Apollinaire a écrit dans *Epist.* VII, 14 : Ego turbam quamlibet magnam litterariae artis expertem maximam solitudinem appello.

J'appelle « solitude maximale » une foule, si grande qu'elle soit, d'hommes étrangers à l'art littéraire.

*

Ovide avait noté quelque chose de semblable quand il se trouvait à Tomes, autrefois, emprisonné dans une tour presque romane, qui surplombait le Danube, au début de l'Empire, lorsque l'empereur l'avait envoyé y mourir. C'étaient deux vers où soudain il pleurait sur ceux qui l'entouraient et qui ne le comprenaient plus.

*

En 1434 Zeami – lui-même exilé par le shogun sur l'île de Sado – rassembla les derniers nôs qu'il avait composés durant les années qui avaient précédé sa défaveur. Il colla les pages entre elles avec une colle de poisson et de riz qu'il avait laissée refroidir à côté du brasero. Il les déposa dans l'armoire où il rangeait les livrets de théâtre de la compagnie. Cette armoire datait de son arrière-grand-père. Alors il écrivit au fantôme de son fils Kanze une lettre – une dernière lettre. « Ce que Kan-ami a été pour moi, je ne l'ai pas été pour toi. Les pages que je viens de rassembler sont difficiles. Elles sont à mes yeux sans reproche mais je sais que leur saveur est tellement savante que les gens s'en offenseront. Là où tu es, pleures-tu ? Mon petit, comme je t'aimais ! Pourquoi m'as-tu devancé dans les fumées noires ? Je pense que la douleur des monologues que les morts prononcent est beaucoup trop déchirante pour que de nombreux spectateurs aient envie de sangloter à leur tour sur leur propre et pauvre et étroit destin en y prêtant l'oreille. Pourquoi se déplaceraient-ils dans l'avant-cour des temples pour poser leurs genoux sur un plancher humide et trembler d'appréhension en songeant à la mort ou bien de compassion en préméditant leur souffrance ? De nos jours on aime rire. On ne consent plus à l'évocation des disparus, au rituel et aux dons comme on le faisait durant les premiers millénaires. »

Au cours de sa vie Zeami avait mis au point une forme particulière, abrupte, extrêmement saisissante, afin de concentrer dans leur durée ces pièces chamaniques que les anciens Japonais appelaient des nôs.

À la porte des temples, en manière d'exorcisme et de purification, les prêtres du Japon ancien, avant qu'ils eussent appris des bonzes chinois à écrire de haut en bas, faisaient revenir, sous des masques, les morts qui allaient pénétrer dans l'enclos du sanctuaire, afin d'apaiser leurs peines, afin de détourner leurs envies, afin de dissiper leurs courroux, afin de démobiliser leurs rancunes.

Zeami n'avait pas inventé ce rite funéraire : il l'avait simplifié le plus qu'il lui avait été possible.

Mais, en l'épurant, il avait renoncé à toute forme de séduction.

Les spectateurs s'étaient détournés d'une beauté qu'ils avaient jugée trop sévère.

Alors, progressivement, au terme de ses jours,

après la mort de son fils Kanze, après la mort de son fils On-ami, la tristesse l'avait envahi. Il souffrait dans le même temps de l'indifférence que les choses écrites inspiraient au plus grand nombre des spectateurs comme aux plus jeunes de ses acteurs. Il désapprouvait les préférences que son beau-fils affichait pour le jeu des comédiens, les costumes somptueux, le nombre des instruments, les pas furtifs, lents et compliqués de la danse extrême et singulière que ce théâtre des morts était devenu. Zenchiku préférait les jeux de lumière aux allusions littéraires. Les mélodies attendrissantes avaient prévalu sur le style sobre et scandé. Les chorégraphies surprenantes avaient pris le pas sur les longues stations de silence dans le noir, debout, immobile, impassible, sur le pont de l'autre monde, à l'ombre de la haute et longue silhouette du pin des morts.

*

La fin de la lettre que le père a adressée dans l'au-delà à l'esprit de son fils mort est infiniment touchante : « Il faut que je t'avoue que lorsque je t'écris je ne m'adresse même plus à toi, mon petit, car j'ai perdu ton visage. Je m'adresse le plus souvent désormais à ceux qui ont lu autant que moi et je suis désespéré que tu ne sois pas de ce nombre, toi dont le souffle s'est défait sur tes lèvres. Il me faut reconnaître que je n'ai jamais rencontré dans le monde beaucoup d'hommes qui eussent lu autant que j'avais aimé lire. Mais peu importe, puisque j'ai toujours pensé qu'il existait un être, au fond du monde, qui avait plus lu que moi. Il était comme un singe bouleversant assis sur un morceau de pierre noire. Il existait un être, un ancien être, un mort, un fantôme, un dieu, une brise même qui, au fond de la lumière, avait tout lu. Cela, je l'ai toujours cru et je le crois toujours. Peut-être cet œil étrange est-il celui du soleil, au zénith, dont notre saint empereur descend en ligne directe, immédiate, effusive, lui qui trône à l'extrême extrême-orient du monde humain. Depuis que j'ai tenu un pinceau au bout de mes doigts j'ai toujours pensé qu'il y avait en tous cas un "regard" qui saisirait tous les signes que je lançais dans les phrases que j'avais écrites. J'ai toujours été persuadé qu'une âme serait sensible à toutes les allusions que j'y avais insérées, qu'une mémoire s'émouvrait simultanément, à toute allure, des correspondances qui s'y faisaient et que, de relecture en relecture, j'y avais à la fois effacées et accumulées. Peu importe que cet être n'existât pas ! Je trouve qu'il est normal que ceux qui ont consacré leur vie à la lecture aient une sensibilité infiniment supérieure à celle des gens simplement cultivés qui se rendent au spectacle pour se distraire, qui aiment, le soir, simplement s'envelopper du cri des ruelles qu'ils traversent, retrouver les lueurs vacillantes et dansantes des lanternes, boire sous les arbres, se glisser dans les travées où sont disposés les coussins, les pliants de toile, les bancs de bois ; leurs visages sont éclairés par les lampes ; ils sentent les parfums vivants qui montent des chairs qui sont proches ; ce sont eux qui applaudissent à tout rompre en découvrant les étoffes scintillantes des hommes qui miment des femmes et qui se meuvent de façon fantomatique, cérémonieuse, sur un plancher surélevé devant eux. Vois-tu, mon fils, il y a eu une période de ma vie où je ne sortais plus de chez moi et où il me fallait, pour désarmer l'angoisse, une ration de dix livres par jour. Je me rendais à la bibliothèque qui était située près de la porte de la Conférence. Je peinais à vivre. Je pense que je n'aurais pas survécu s'il ne s'était trouvé des livres pour tromper le désespoir. Or, s'il y a une joie d'avoir survécu à ses peines, il en est une autre, beaucoup plus profonde et presque attirante, qui consiste à les contempler toutes *de loin* dans la nuit, dans le lointain, dans la vapeur qui naît avec l'été, ou ravinées sous la pluie d'automne, ou déformées dans la pénombre de l'hiver, et comme *inversées* à l'autre bout du monde. Ô mon mort préféré, mon mort chéri, il y a une joie à te parler dans la mort. Il y a une joie à redécouvrir les chairs mêmes de la vie, leurs nudités, les peurs mêmes dont nous procédons sous un angle nouveau, dans une apparence qu'elles ne connaissaient pas, à les voir resurgir tout à coup, aussi nues, aussi souffrantes ou plus cuisantes encore, plus étincelantes, mais ruisselantes d'une eau mystérieuse qui est comme une espèce de chant fait d'un peu de lumière qui échappe et qui finit.

C'est un voile qui est aussi un suaire. Cette adresse, si vide qu'elle soit, n'est pas vide. »

*

Puis Zeami cessa d'écrire.

Quand il fut parvenu au moment de mourir il déclara simplement à son disciple préféré, qui s'appelait Zenchiku, qu'il était seul, désormais, à connaître le *voleur de Kinuta.*

Alors il glissa sa main dans sa robe. Il en sortit un trousseau de petites clés. Il lui montra celle qui ouvrait le cadenas du coffre-armoire de la compagnie. Il lui dit :

— Je volais comme le voleur de Kinuta volait. Nous volons la langue que nous parlons. Nous avons volé aux mandarins de la Chine les lettres qui l'écrivent. Nous avons volé le bouddhisme aux moines jaunes et pour ainsi dire presque orange de l'Inde. J'ai volé tout ce que j'ai lu. Un vrai voleur est celui qui entre tout seul, le cœur battant, tous les sens en alerte, tout le corps tendu, les yeux impatients, au cœur de la nuit, dans la maison où il ne connaît rien. Comment ne pas se faire prendre si on procédait en foule ? J'étais seul quand je suis entré dans la maison obscure et silencieuse. Toute ma vie il me semble que j'ai été aussi seul à lire que je puis l'être maintenant à mourir.

CHAPITRE III

Fur

« L'homme aux trois lettres », telle était la périphrase que les Romains utilisaient pour nommer le voleur. Le nom du voleur en latin était fur. Mais les anciens Romains, comme ils avaient vécu au fond des forêts italiques en affrontant les sangliers, comme ils avaient obtenu des loups du secours – et même la bienveillance des louves pour la survie de leurs deux premiers rois –, comme les rapaces silencieux au haut du ciel dominaient leurs destins, comme ils formaient une nation extrêmement superstitieuse, n'osaient pas prononcer directement les noms dès l'instant où ils avaient l'intention de se prémunir contre les actions auxquels ils renvoyaient. Seuls les anciens Pères disaient rituellement, au temps de la royauté, c'est-à-dire du temps de la forêt, du temps où les sept collines étaient couvertes de forêts hantées de loups, de sangliers, survolées de rapaces, de façon proverbiale : « La pensée, la mort, le bonheur, l'amour, le désir, le rêve, l'extase, surgissent au cours du temps *comme un voleur dans la nuit.* »

Sicut fur in nocte.

Car, dans les royaumes du temps, c'était elle, la mort, jadis, qui était le seul roi.

Elle l'est restée.

La mort est le roi des siècles, le Rex saeculorum qui vient visiter les demeures des hommes et retirer son butin au monde comme un « fur furtif » s'introduit dans les villas, les huttes, les palais, les demeures, les basiliques, les cathédrales, les sanctuaires, au cœur de la nuit.

Puis ils supprimèrent le proverbe tant ils avaient peur que le réel les rattrape.

Ils craignaient qu'ils fussent dépouillés de leurs biens s'ils continuaient de prononcer le nom de celui qui les leur dérobait.

*

Pourquoi les cambriolages sont-ils si douloureux alors qu'ils nous débarrassent de tant de choses finalement inutiles ? Du moins qui se révèlent, après un brusque chagrin, et à la suite du souvenir qu'il a fait revenir, vieilles, sales, oubliables ? Ces vols par effraction nous touchent au cœur parce que, nous prenant par surprise, ils *recrèvent* tout à coup la poche amniotique qui abritait le corps longtemps avant la vie solaire, longtemps avant l'apprentissage de la langue. Ils ont dégondé la porte, ils ont brisé la vitre, ils ont percé le vieux rempart du chez-soi péniblement réinventé et si fragile. Ils ont effracté le recoin, rompu le « requoy ». Car, pour dire toute la vérité, les voleurs volent des objets que nous avions nous-mêmes volés aux morts que nous n'avons pas su défendre puisqu'ils sont morts. Nous avons été des mauvais gardiens. Alors les cambriolages, au-delà des pertes matérielles qu'ils occasionnent, au-delà des abîmes d'émotion filandreuse qu'ils entrouvrent, après nous avoir soumis à la violence des voleurs, nous exposent aussi à la vengeance des morts.

Tous nos morts dévalisés sont furieux contre nous dans nos rêves. Nous n'avons pas su les protéger. Nous avons abandonné nos aïeux, nos proches, nos protecteurs, dans nos maisons dévastées, bien plus que nous avons perdu des objets précieux qui pussent être revendus, ou des talismans qui sauvegarderaient les jours qu'ils n'ont pas su escorter.

*

Fur compte trois lettres. Rex compte trois lettres. Jésus répondit au gouverneur romain du royaume de Judée : « Rex sum ego. » (Moi aussi je suis roi.) En latin cela fait trois fois trois lettres, c'est tout. Plus tard il répond à Pilate : « Regnum meum non est de hoc mundo. » Mon royaume n'est pas de ce monde. Mon royaume n'est pas dans l'espace, il n'est pas dans la maison où entre le voleur, il n'est pas dans mon corps où je mange et à la surface duquel je désire. Il n'est même pas dans la langue dont j'use : ni dans l'araméen que j'employais et qui s'est perdu, ni dans le grec que l'on me fait parler dans les livres qui restent de moi, ni dans le latin qui est venu communiquer le rit aux millénaires et aux différentes communautés qui continuent de célébrer ma mémoire. Mon royaume qui n'est pas dans mon âme est peut-être dans le temps. C'est ainsi que la mort surgit au cours de la vie de la même manière que l'homme aux trois lettres est le souverain des deux royaumes où il agit *furtivement*. Il file. Soudain il se dissout. L'un est un fantasme. L'autre une hallucination. Telle est la thèse que vient défendre le onzième tome de ce *Dernier Royaume*. L'homme aux trois lettres est le roi furtif – celui qui va et vient – à l'aide de sa langue silencieuse – celle qui s'écrit et se tait – entre les deux royaumes – utérin et solaire – où se tient tout entière la brève expérience possible pour chacun.

*

Car le travail du rêve est le premier voleur. Le rêve vole les valeurs de la veille. Il dérobe les silhouettes de la nature, les saveurs, les êtres du passé, toutes les choses une à une qui manquent, que l'on espère, les tacts, les contacts, les jonctions, tous les caractères qui permettent d'identifier les formes désirables.

Étrange prédation-souche au cœur de la psyché des animaux et des humains.

Toute silhouette désirable vient à son revenir, au cours du sommeil. Chez les tigres. Chez les femmes. Chez les oiseaux. Chez les enfants. Chez les loups. Chez les hommes.

*

Barabbas, qui était jugé avec Jésus, était lui aussi un voleur. Mais pas un voleur de trois lettres (fur). C'était un voleur de cinq lettres (latro).

— À quel monde appartient le voleur ? demanda le voleur à son voisin qui était à mourir comme lui les deux bras écartés.

— Au paradis, répondit Dieu sans hésiter.

Marc XV, 27 a écrit : Et avec le Seigneur ils crucifièrent deux voleurs, l'un à sa droite, l'autre à sa gauche. Le Seigneur tourna son visage et, quand il tourna son visage, son regard tomba sur la tête du larron qui pendait à ses côtés. Le mot français larron vient du mot latin latro qui signifie le voleur. À droite latro, à gauche fur. Alors le voleur qui était crucifié à son côté droit lui dit :

— Memento mei cum veneris in regnum tuum. (Souviens-toi de moi quand tu arriveras dans ton royaume.)

Et Jésus répondit au fur (au bon larron) qui lui témoignait une pareille confiance :

— Amen dico tibi : Hodie eris in paradiso. (En vérité je te le dis : Dès aujourd'hui tu seras au paradis.)

*

Le lettré siècle après siècle tourne son visage vers l'autre visage devenu invisible. L'autre de l'autre, tel est mon dieu. C'est ainsi que le lettré se trouve au paradis tandis qu'il voyage au royaume des morts. Le *litteratus* tourne les pages pâles et presque aussi livides que les joues des mourants qui ont cessé de se retrousser dans un sourire. Surfaces blanches et plates et lisses et douces comme le sont les os dans les ossuaires, sur les momies, dans les charniers, dans les tombes. Aussi lisse que le bout des rames de Charon que l'eau a usées dans le temps. Le lettré relit les classiques, il franchit l'Achéron, il salue les ombres, il les appelle par leur nom personnel, il envoie les âmes au paradis ou plutôt il les y rejoint. Il est le revenir dans le monde des revenants. Il se réélève dans le souffle où il ne parle pas mais où il respire, où il nomme sans articuler la moindre consonne, sans pousser la moindre voyelle, en effaçant tout accent de souche, de provenance, d'origine, tous les aïeux du monde humain depuis son aube. La confrérie qu'il initie est initiatique. Cette assemblée est celle de femmes et d'hommes seuls, qui n'ont pas d'autre contact entre eux que l'existence du livre. Cette communauté entièrement faite de femmes et d'hommes qui ne se rencontrent jamais, tandis qu'ils étudient en silence dans leurs cellules closes, parfaitement étanches, a connu de nombreux initiés au cours du temps et, pourtant, comme le dit Zeami, comme le dit Sidoine Apollinaire, comme le dit Ovide – comme le disent les fauves, les lions, les panthères, les hyènes, les chats, qui tous lisent en solitaire dans leurs rêves solitaires –, elle laisse toujours complètement seul. Ce qui caractérise la société secrète de ceux qui lisent, c'est la solitude de chacun. C'est leur extrême singularité qui ne cesse de se faire plus singulière. C'est l'ascèse, le sacrifice, la modestie, la concentration, l'étude. C'est le silence, la dissimulation, l'anomie, l'ombre, la passion, l'insomnie. C'est une furtivité qui est en vérité, sans doute, féline. Ou du moins presque féline, peut-être un peu aviaire. La lecture est un vol sans bruit. Comme le vol magique des chouettes, dont les ailes ne se déploient que pour s'appuyer, sans le moindre bruit, sur l'air qui passe au-dessus de la terre et qui y rebondit. Prédation invisible.

CHAPITRE IV

Le chevalier de Bagdad

Pietro Cornelius Valle partit ailleurs et il s'en alla partout. Il gagna tous les « ailleurs » qu'il put trouver dans le monde alors connu.

Navigua, vogua, chevaucha, erra.

Comme il se trouvait à Bagdad, il ramassa par terre des briques qui lui parurent douces et singulières.

Sur ces galets de terre cuite par le soleil des lettres inconnues avaient été incisées sous forme de coins.

Il ramena ces pains d'argile dans la cité de Rome. Il trouva à se loger dans une chambre d'auberge dont la fenêtre donnait sur le Tibre. Il y monte son sac. Qui a l'idée alors de l'âge de ces livres qu'il porte sur son dos ? Il n'a même pas conscience qu'il a marché dans les décombres de Babel. Il ignore qu'il ramène le premier roman, où le roi Gilgamesh pleure la mort de son ami Enkidou le Sauvage et se met dans la tête d'empêcher que ceux qu'on aime meurent.

CHAPITRE V

A comme alf ou aleph

Jadis la lettre aleph était le visage d'un taureau vu de face. La tête et ses cornes se penchèrent sur la droite à l'époque où la ligne s'inventa, lorsque l'écrit quitta les flancs des vases et gagna les surfaces planes des sarcophages et des parois des temples. Ce caractère alpha s'avance dans la violence la plus frontale et la plus déterminée. Au bout d'un millénaire le pictogramme perdit un petit bout de sa corne gauche. C'est ainsi que la première des lettres qui notent les langues écrites en Europe figure l'élan d'une bête sauvage. B, beth, bêta, formée des cinq parois, était la maison entourée de barrières ou de palissades où la bête ardente, violente, toujours cette bête indomesticable – alf en phénicien, aleph en hébreu – était parquée. C en latin était appelée « tristis littera ». C'est la lettre triste. Elle est même mortifère parce qu'elle était l'initiale du verbe Condemno. Elle est l'équivalent du d qui n'est pas un d du signe Deleatur (Que cela soit détruit !) : petite aigrette, pauvre frisure qui cherche encore de nos jours à représenter graphiquement en latin la lettre thêta des Grecs qui ouvre le mot Thanatos, affreuse et infamante initiale qui est le tatouage de la mort. Cette lettre thêta une fois inscrite en face d'un nom sur la liste d'ostracisme, à Athènes, ou de proscription, à Rome, en appelait à l'élimination immédiate de l'individu qu'elle « notait », où qu'il se trouvât, sans risque d'être puni. C'est ainsi que le deleatur définit le signe qui, placé devant un autre signe, le met à mort. Il n'est pas besoin de chercher très loin la fonction du langage. Le dernier des dieux antiques, Jésus, est mort les deux bras écartelés dans la lettre de sa croix (tau) entouré des deux voleurs (l'un étant donc furtif et l'autre étant larron) eux-mêmes écartelés dans ces deux bouts de bois croisés qui distendent les quatre membres dans le cercle parfait où s'inscrit l'Homme de Vitruve, l'Homme de Léonard.

*

L'homme vivant ne perçoit pas sa vie.

Il ne la perçoit ni dans sa source ni dans sa fin.

Ni dans l'image qui manque à ses jours, parce qu'elle est antérieure à la conception de son corps.

Ni dans la posture qui se dérobe à sa vie, parce qu'elle est postérieure à l'heure de sa mort.

L'œil humain a besoin du secours d'un objet

dont la face se dissimule à elle-même pour voir ce qu'il ne voit pas.

L'homme mit au jour le *signe* – qui détruit ce qu'il dénote mais qui ne manifeste pas ce qu'il est. Il invente ce faisant l'objet qui ne se montre pas quand il montre. Ce fut d'abord, dans les tombes, la surface polie d'un miroir de bronze. Non seulement le miroir *vole* les images des vivants, mais il sidère, pétrifie, immobilise les fauves à l'instant où ils répercutent leurs gueules agressives dans le dessein où ils sont de dévorer les cadavres. Page de bronze qui capte et piège les invisibles, les démons, les ombres, les monstres, les fantasmes, les fantômes qui passent devant lui. Grâce au miroir l'homme peut atteindre le monde invisible. Sur le reflet de son propre visage, inversant la symétrie de la silhouette vivante, il entre en contact avec les silhouettes des morts dont son corps provient. Doté de cette vue qui lui permet de voir dans le reflet de son visage les aïeux perdus dans l'autre monde, il descend chez les morts qui constituent en effet l'ensemble des hommes qui sont devenus invisibles. Car le mot Hadès, en grec, se décompose en a-idès c'est-à-dire in-visible. C'est le dieu de l'Érèbe. C'est le dieu qui règne sur le peuple immense de ceux que la vie a abandonnés. C'est le dieu des ombres au-delà des reflets. La lettre relaya le reflet qui prenait dans l'obscurité de la nuit le relais de l'hallucination. La lettre devint à son tour le moyen de descendre dans le temps, suivant une quinzaine ou une vingtaine d'échelons – sur les briques de Sumer, sur les dos de tortue de la Chine –, jusqu'au fond du monde invisible, devant le triple chien de nuit qui mange éternellement notre charogne.

*

La figure perdue qui persiste fantomatiquement au sein de la lettre apparaît comme un rêve au travers de l'image manquante.

Elle décompose dans l'invisible omettant de rappeler, derrière chacun des signes dont la langue dispose pour s'écrire – pour annuler le dispositif dialogué de la langue parlée –, un pictogramme plus archaïque que le phonème lui-même qui s'y associe arbitrairement et presque incompréhensiblement.

*

Une magnifique miniature romane se trouve dans un manuscrit qui est conservé à Madrid. Elle représente Boèce vêtu de jambières d'or et d'une robe souple. Son manteau est agrafé par-devant. Il est perché sur un haut tabouret à colonnettes. Ses pieds croisés pendent comme une étoffe au-dessus du pavement qu'ils ne peuvent atteindre. Il tient à la main un calame et son grattoir. Il écrit sur des feuilles qui sont étalées sur un haut pupitre. Il est tête nue. Il lève brusquement le visage vers l'apparition d'une femme merveilleuse. Elle ressemble étrangement à la fille de Symmaque. Le surgissement de la femme immense à ses côtés ouvre le livre qu'il compose : il l'écrit dans la prison de Pavie où l'empereur Théodoric l'a enfermé, où il le torture, où il meurt. Cette scène est merveilleuse. C'est une Annonciation. La longue jeune femme au visage extraordinairement blanc, aux beaux yeux marron et doux, descend, s'approche. Elle est vêtue d'une grande robe ouvragée et ample mais son corps est mince et juvénile. Ses seins sont beaux, gonflés de lait. Nul ne les voit mais ils pèsent sous l'étoffe et leurs saillies se remarquent. Elle étend les bras. Elle déploie des manches très larges dont le galon retombe. Son visage est entouré d'un voile tissé des couleurs les plus vives qui sont celles de l'arc-en-ciel. Elle vient du ciel. Elle flotte encore dans l'air. Ses pieds à elle non plus ne touchent pas la terre. Elle avance au-dessus du sol pavé d'or sans que ses beaux orteils pâles entrent en contact avec lui. Elle tient dans la main deux petits livres aux extrémités desquels pendent les deux lettres grecques pi et thêta.

Pi et thêta ce sont les lettres initiales de practica et de theoretica.

Vie et contemplation.

Rien de plus.

*

« Race de fainéants qui n'aime que le lit et l'ombre ! »

Il s'agit des écrivains.

Fainéant est un mot français magnifique. Faire néant, c'est l'être. Le mot latin qu'emploie Juvénal dans ce vers est *ignavus*, in-actif ou plutôt sans élan. In-natus, c'est sans nativité.

Genus ignavum quod lecto gaudet et umbra !

Le romancier dans son lit, à la fin de la nuit, dans l'ombre d'avant l'aurore, est le non-né. Inapparu encore dans le jour. Rêvant, écrivant.

C'est Froissart dans ce qu'il appelait sa « forge ». C'est Descartes dans ce qu'il appelait son « poêle ». C'est Brutus dans son lit au moment de mourir. C'est Proust dans son liège.

*

L'oisiveté étrange que suppose le travail littéraire est ce moment parasite – il occupe opportunément, mais inutilement –, ce « temps mort » dans le « temps » que les lettres disposent dans les flexions grammaticales avant de le distendre plus avant encore dans les séquences des mots qui s'y assemblent. Qu'elles s'entendent ou non dans l'air, l'entendu perdu se manifeste au côté de leurs fétiches. Elles s'inscrivent si peu nombreuses, si solitaires, sur un morceau de bois qui n'est plus un épieu, sous un stylus de bronze qui n'est plus une flèche. Ce fut Cadmus qui introduisit de Phénicie en Grèce l'alphabêta des seize premières lettres. Palamède y ajouta êta, upsilon, chi. Épicharme apporta phi. Simonide proposa psi, xi, oméga. C'est ainsi que la *res litteraria*, dès qu'elle inscrivit ces singuliers visages que sont les lettres alphabétiques signifia, par une petite vingtaine de signes, tout ce qu'elles distinguent. La « chose des lettres » englobe d'un coup, toujours déjà, tout ce qui est venu s'écrire depuis l'origine de l'écriture : même inhumaine, même infernale, même divine, même naturelle, même sauvage, même physique, dans les fossiles des falaises, dans les ruines des plantes, dans les morsures des carnivores, sur les lèvres des nourrissons qui tètent et qui s'avancent, dans les seins des mères qui débordent leur torse et les allaitent, dans les excréments que délaissent les fauves dont on poursuit et les chairs et les mœurs et les fourrures et les défenses et les bois. Car quand on prononce le mot littérature, il ne s'agit pas d'une région de l'Être. C'est la possibilité de tout ce qui est composé de fragments ou de traits qui jaillit explosivement avec la « chose des lettres ». Plus étendue que l'ontologie du monde, plus nombreuse que les êtres qu'elle désigne autant qu'on veut, plus vaste que tous les genres qu'elle configure, la littérature n'est même pas bornée par la vérité. La littérature ne trouve même pas sa limite dans la capacité d'imprimer. Maxence fit briser les statues qui représentaient le corps de Constantin. Alors Constantin lui déclara la guerre. Au moment de franchir les Alpes, faisant attacher à son labarum les lettres grecques X et P, il vainquit. En souvenir du nom de Christos qui leur avait assuré la victoire, l'empereur fit alors graver en relief les lettres khi et rhô sur chaque bouclier de chaque légionnaire de ses légions. Quand Constantin arriva au pont Milvius, quand il noya Maxence dans le Tibre, soudain il aperçut une littera qui s'écrivait dans l'étendue du ciel juste au-dessus de l'armée détruite. « C'était une croix au cœur du soleil dans la façon dont l'astre dégorgeait ses rayons. » Il s'agissait du T, qui est le tau de la croix sur laquelle le corps du Christ avait été cloué trois siècles plus tôt sur le mont du Calvaire dans la banlieue de Jérusalem. Les pictogrammes persistent sous les lettres et même sous les images des rêves. Le khi était la première lettre du mot Christos parce qu'il avait été jadis l'initiale du premier des dieux antiques qui s'appelait Chaos. Chaque mot lui-même est un fantôme. Chaque lexique est une population d'ombres. La littérature tue le maître et disloque sa maîtrise partout où elle affleure en sorte de faire revenir les visages méconnaissables de ceux qu'elle a exterminés. Un jour, Térée prit une jeune femme qui s'appelait Philomèle par le bras. Il la bouscula, la jeta devant lui, gravit en la frappant, en la battant, le sentier de la montagne. Il la poussa dans une caverne obscure. Il arracha sa tunique. La jeune femme eut beau crier de toutes ses forces, Térée, ayant dénudé ses seins, y porta ses lèvres et mordit. À plusieurs reprises Térée mit à profit la sauvagerie, la solitude, la fraîcheur, la protection des parois noires. Les cris augmentaient son audace, les sons accroissaient son désir. Quand Térée fut sur le point de jouir, c'est-à-dire de la violer, Philomèle s'écria :

— Arrête, Térée ! Si tu me prends de force, je dirai ta violence à ma sœur qui est ton épouse, je dirai ta violence à son père qui est mon père.

Entendant ces mots, Térée ne retira pas sa verge de sa vulve mais sortit de son fourreau son épée, ouvrit la mâchoire de la jeune femme, tira sa langue de force au-delà de ses incisives et de ses canines, et la lui trancha à la racine. Il éjacula enfin en elle, sans qu'elle fût désormais capable de dire un mot ni de raconter quoi que ce soit quand elle serait de retour chez son père. Philomèle, une fois revenue dans le palais de son père, sans langage articulable par le moyen de sa langue entremêlée au souffle et claquant au bout de ses lèvres, tenant sa langue morte qui ne cessait de se flétrir et de rétrécir et de noircir à l'intérieur de sa main, se mit à tisser une toile qui racontait muettement son histoire. Voilà ce qu'est écrire. Toujours un terrible taire précède le parler-en-se-taisant qui se produit à l'écart de tous. Philomèle ajoute enfin que l'écriture est quelque chose qui paraît comme mort mais qui vit. Tous les mots ont leur vide mais tous les mots ont leur secret que les lettres dévoilent. En grec philo-mèle se décompose : celle qui aime le chant. La littérature aime une voix qui ne sonne plus dans l'espace mais qui s'entend au fond de l'âme. Une voix qui monte de l'invisible. Au-delà de toute musique, les lèvres devenues muettes aiment ce chant qui ne s'entend pas.

C'est seulement aux yeux de l'illettré que l'écriture est morte. C'est seulement aux yeux de Térée que Philomèle est devenue muette sous le fer de son épée. C'est seulement aux yeux des non-lecteurs que les lettres ne semblent pas être la vie vivante. *Viva vita.* Vie sans mort. *Vera vita viva.* Vraie vie totalement vivante. Quatrième et ultime leçon. La littérature est la vraie vie qui raconte et rassemble la vie disloquée, bloquée, désordonnée, violée, gémissante. On disait « langue coupée », en Grèce archaïque. On disait « bouche cousue » au nord de l'Europe. On disait « oreille mordue » en Asie. Tels étaient les premiers noms des livres dans le monde. Il y a une curieuse méditation de Grégoire le Grand qui dit que Dieu a *mordu* l'enfer des païens qui précéda son épiphanie, du temps de l'empereur Tibère, et le recracha dans la crèche de foin de Bethléem où venait manger un âne, sous le règne d'Hérode. Dans cette morsure Dieu arracha la part du paradis. Ce serait seulement dans un *second temps,* après avoir médité sa *morsure,* que Dieu y aurait transféré tous les élus qui, au beau milieu de leur cou, avaient vu pousser et pointer une *pomme d'Adam,* en souvenir de la morsure originaire de la pomme édénique qui avait plongé les hommes, à l'origine des temps, dans le *vrai enfer vivant* de la curiosité affamée, des cris des animaux de toutes parts, des rugissements du désir sexuel. Un fruit qui pendait à une branche, à la façon d'un sexe à l'intérieur de la fourche des cuisses d'un homme, tenta la main de la première femme qui surgit dans ce monde. Elle ressentit l'envie de cueillir ce qui tentait son regard. Car c'est ce simple désir qui est au cœur du vol. Prendre sur l'autre ce qu'on ne possède pas. L'homme ne naît pas dans l'origine et l'influence de l'instinct : il naît dans la culture, la préhension, la com-préhension, la prédation de l'autre, l'apprentissage. Il a à voler le monde qui précède. Il a à subir la culpabilité d'avoir tout volé de ce qu'il est. Son patronyme, ses prénoms, tous les mots, ses valeurs, ses modèles, ses vêtements, ses accents, ses proies, ses totems, ses rêves. Il a volé jusqu'à ses *désirs*. C'est ainsi que Térée, *devenu fauve*, avec ses griffes, ayant attrapé la langue de Philomèle, après l'avoir tirée tout entière hors de sa bouche, l'a *extirpée* sous la lame de son stylus à la racine. « Excerpere » chez les anciens Romains c'est extirper du texte en lisant. C'est faire des livres autant de langues arrachées, des listes d'extraits, des coutures de lambeaux, des mosaïques de fragments. C'est toute l'œuvre de Pline l'Ancien qui est une succession de séquences d'extracta. Les tractata, à Rome, ce sont les traités – ces coupes, ces coupures, ces découpures dans la masse immense et continue des livres. Même à Pompéi, le dernier jour de sa vie, le jour de l'éruption du volcan qui domine la baie de Naples et la mer Tyrrhénienne, sous la pluie de cendres, Pline l'Ancien dictait ce qu'il extrayait de sa lecture en lisant, en toussant, en suffoquant, en mourant. Les Anciens disaient qu'il n'y avait pas un vers que Virgile ait écrit qu'il ne l'eût tiré des œuvres des Grecs qui avaient été répertoriées et glissées dans les alvéoles de la bibliothèque d'Alexandrie.

Le mot texte, le vieux mot textum, renvoie, en latin, à la toile que tisse, texere, l'araignée dans les branches. Le texte est ce dispositif de prédation qui flotte dans l'air. Alors, en silence, dépourvue de sa langue dans sa bouche, Philomèle – celle qui aimait jadis le chant qui habitait sa bouche – tisse en mouvant ses deux mains le textum taciturne et vindicatif. L'écrit énigmatique que sa navette compose, que Philomèle adresse à sa sœur une fois terminé, relate en *silence* les *cris* qui avaient été poussés par elle dans la caverne obscure où Térée la désirait, la frappait, la violait, l'envahissait : l'image qu'elle tissait expliquait la *perte de sa langue*. Après que sa sœur a fait cuire le fils qu'elle a conçu du viol de Térée, sous forme d'une brochette sur des charbons de bois, puis qu'elle l'a remis dans son sang, elle le donne à manger en ragoût à son père. Térée demande :

— Où est Itys ?

— Intus, lui répond Procné. En toi. (À l'intérieur.)

Aussitôt Térée met deux doigts au fond de sa gorge et cherche à vomir pour ramener au jour un peu de son enfant découpé en morceaux.

— Où est le monde que j'évoque ?

— Intus.

— Où est la langue de Philomèle ?

— Intus.
— Où est le monde littéraire ?
— Intus.
Intérieur est le comparatif.
Intime est le superlatif.
Tel est le monde intime des hommes.

CHAPITRE VI

Le mercredi des Cendres

Le mercredi des Cendres je traversais les quatre cours du lycée dans lequel je vivais. Je me rendais, dans les rues sombres, dans la nuit de l'hiver, jusqu'à la porte de cuir toute noire de l'église Saint-Joseph. Je la poussais pour rejoindre le brusque courant d'air sans source, l'odeur de renfermé en contrebas de la grand-rue, l'onde d'encens humide collée à la pierre glacée, l'odeur de petite mare à grenouilles, à têtards, à araignées d'eau, dans la vasque gluante du bénitier.

On descendait quatre marches.

L'intérieur de la nef de chaque église est une pénombre perpétuelle. Une odeur de vieux, de deux bras écartés, de douleur, de fougère, de salpêtre.

Il fait si froid !

L'air jamais renouvelé des sanctuaires chrétiens est si particulier, hors d'âge, hasardeux mais aussi féerique !

Je suivais la queue qui s'était formée et qui avançait lentement dans la travée en direction de la grille du chœur. Nous nous dirigions vers l'autel.

Chacun d'entre nous s'agenouillait sur les marches, étreignant avec les doigts les croisillons de cuivre.

Il y avait une douce petite croix de cendre tiède qui était faite par le prêtre à l'aide de son pouce sur le front, à la base du front, juste à l'endroit du chiasme optique.

Durant tout le mercredi des Cendres il était interdit de la frotter et de l'ôter.

*

C'était une petite chose si légère dessinée des milliers de fois par le prêtre à côté du grand cierge

mi-image mi-lettre
mi-croix mi-chi mi-tau
tiède
qui chatouillait
au-dessus des yeux.

*

C'était moins qu'une chose : c'était une carbonisation de chose, un sillage de chose, une crémation de chose, le petit relief sur la peau d'un geste destructeur et bouleversant – que cette petite image faite avec de la cendre sur le front des hommes pour les faire souvenir de la perte absolue du lieu qui eut lieu lors de leur nativité.

Pour associer leur corps au perdre originel lors de l'expulsion violente hors du jardin d'Éden en amont de l'Histoire.

Pour leur rappeler qu'ils étaient sexués et que, par là, ils étaient perdus et se reproduiraient perdus.

*

« Marquez un tau de poussière sur le front des hommes qui gémissent. Leur chagrin en sera apaisé. Car la lettre tau a la forme d'une croix et c'est la forme où Dieu s'est volontairement attaché quand il désira mourir afin de nous sauver. Ceux qui sont marqués de la lettre tau n'ont plus rien à craindre de la lettre thêta. Ils n'ont pas à redouter une heure les coups de l'Archange. »

C'est ce qu'écrit Haymon dans son *Commentaire sur Ézéchiel.*

CHAPITRE VII

La tête de Cicéron à Gaète

Cicéron fuit Rome. Sa mort a été votée par le Sénat. Le décret est tombé. Le vieil augure d'Arpinum et du Latium chevauche en hâte dans le soir. Il embarque sur un bateau à Ostie. La voile s'enfle dans la nuit. Cicéron débarque sur la côte de Gaète. Il fait un froid terrible. C'est le mois de décembre. Il a les jambes trempées. Le bas de sa tunique est encore mouillé d'eau de mer mais il trotte sur la plage. Il monte dans sa litière. Il ferme les rideaux. Le groupe s'avance rapidement sur la route qui mène à Formies.

Soudain il entend une voix qui l'appelle. Il écarte le rideau, il passe la tête. Sa tête tombe en silence sur le pavé de la route de Formies.

Elle roule.

Quand Popillius a eu rangé son glaive dans son fourreau, il ramasse la tête du plus grand orateur du monde romain qui a roulé par terre. Il glisse la tête sanglante sous son bras. Il remonte sur son cheval.

Il porte la tête à Antoine qui est tout heureux de la prendre par les oreilles.

Suétone dit qu'il la remua d'avant en arrière, toujours en la tenant par les oreilles, murmurant :

— Cicéron ! Cicéron !

Or, il se trouva que Fulvie fut prise d'appréhension en voyant la tête coupée qu'Antoine balançait devant lui.

Fulvie saisit la tête des mains d'Antoine.

— C'est Cicéron ?

— Oui, répond Popillius.

Avec ses deux mains elle ouvre la mâchoire, elle ouvre le monde intime du vieux consulaire, elle ordonne à Popillius de tenir la mâchoire de Cicéron grande ouverte. À l'intérieur de la mâchoire elle introduit dans la langue de l'orateur mort une aiguille. Elle tire le fil et lie la langue à l'intérieur de la mâchoire supérieure « pour qu'il n'allât pas dire aux morts ce qui s'était passé chez les vivants et exciter leur courroux contre Antoine ».

*

Elle porte cette tête à la mâchoire démandibulée en la tenant par les cheveux le long desquels le sang coule. Fertur appensum coma caput et defluente sanguine. La tâche de l'écrivain est simple et comporte deux volets. Couper la langue. Coudre les lèvres.

CHAPITRE VIII

B comme Benveniste

La langue parlée est définitoire de l'humanité. Pas l'écriture. Et pourtant l'écriture constitue le carrefour décisif du destin linguistique. Telle est l'aporie qu'Émile Benveniste a rencontrée à la fin de sa vie de penseur. D'un côté la langue invisible, vocale, qui ne dérive pas du cri spécifique mais qui est inconsciente, insaisissable, ondulation sonore adressée par le souffle dans la plainte respiratoire grâce à la médiation de l'air qui entoure la bouche de ceux qui prennent la parole et les oreilles de ceux qui les écoutent.

De l'autre la langue objectivée, sémiotisée, s'émancipant et du souffle et du son et de l'air pour tomber sous les yeux de ceux qui se taisent et pour venir suivre comme une trace la main qui les inscrit dans la matière.

Le signe linguistique invisible devient, par l'opération de l'écriture, un objet visible, taciturne, intelligible, moléculaire, décomposable.

Un medium autonome silencieux se « jette devant » un autre medium indépendant, bruyant, et s'en saisit avec violence. L'écriture à la fois projette le son sous les yeux mais en le précipitant en silence. Le sémiotique (le dit, le dictum, le dictionnaire, la grammaire) surgit *devant* le vouloir-dire (la pensée, le sens linguistique qui pointe dans les âmes, l'œuvre qui s'opère, la sémantisation qui se cherche).

*

Voir s'écrire la voix le long de la ligne orthographique d'un livre constitue un extraordinaire mystère.

Les infans (ceux qui ne parlent pas, les « enfants » jusqu'à l'âge de dix-huit mois ou de deux ans) reçoivent l'expression de la voix à l'intérieur du cri spécifique vivant. Ils reçoivent le message du sentiment qui habite le souffle. Comme les animaux ils entendent l'intimation de l'ordre que le cri enjoint, avant toute signification de la langue dont ils ignorent les signes sonores.

Chante toujours dans l'écrit cette vocalisation primaire *insensée.*

Une voix sauvage et silencieuse hante toujours dans l'imago archaïque ou pictographique ou cunéiforme ou hiéroglyphique des lignes écrites.

*

Les livres sont alors comme des vagues qui montent de l'océan de la langue mise au silence. Ils s'élancent comme une écume. Ils recèlent la langue parlée vivante devenue morte, transformée en spectre, en l'enterrant dans le monde interne, intérieur, intime, intimissime, du corps qui lit en silence.

C'est ainsi que, dans l'écriture, la main ayant brusquement arraché la langue, le signe peu à peu refoule très profondément la voix.

Une sorte de rétention, de secret, d'enfer, de caverne, de prison lexicale, a relégué l'ancienne vocifération animée, animale.

Le sémiotique éloigne très loin le dialogique. Non seulement il scelle la bouche vivante, non seulement il clôt à double tour les deux oreilles : il *forpayse* la communication ou la désignation ou la nomination.

Alors, sur la surface graphique, l'œil voit quelque chose du système sonore de la langue qui vient se poser en silence. C'est comme un *oiseau charognard*, rapace du silence, ouvrant largement ses deux ailes pour recouvrir toute la proie, une transsubstantiation.

*

C'est comme un *feu*, préfère dire Héraclite.

Le lecteur, en lisant, suit du regard cet embrasement – suit du regard la signifiance qui *avance* dans l'espace, qui transmute la matière et la rend visuelle, qui décompose la phrase dans les mots, qui décompose les mots dans les lettres, qui décompose les teneurs dans les étymologies et dans l'ensemble des jeux cryptographiques et magiques, qui disjoint les suffixes, qui détache les préfixes, qui transfère les images au sein des métaphores.

*

À Naples, Giambattista Della Porta, avant d'inventer la chambre noire (camera obscura), au moment d'inventer la lanterne magique (laterna magica), en 1563, composa le *De furtivis literarum notis*.

*

Cette signifiance qui erre au-dessus de la langue parlée, une fois qu'elle a été déménagée dans l'écriture, semble émaner de l'écriture sans que les hommes qui écrivent perçoivent que c'est seulement ce transfert qui l'engendre.

Cette étrange signifiance qui vient flotter au-dessus des traces écrites désigne ce que les hommes appellent « Dieu » dans les religions dites « à livre ».

Cette significabilité de tout gagne tout. Elle s'élève dans l'âme intérieure, s'élève au-dessus des mains qui prient comme elles s'élèvent au-dessus des mains qui écrivent.

Elle s'élève au-dessus de la tête qui pense dans l'abri de son os, entoure son front, sa chevelure, l'illumine, apparaît peu à peu comme ce par quoi tout s'interprète du monde humain, aussi bien de l'expérience individuelle que de l'histoire des sociétés, et surtout de l'extraordinaire épiphanie de la nature.

Il faut souligner avec force ce point si l'on veut comprendre la vie singulière que mènent les lettrés : l'écriture est un *autre* système sémiologique que celui qui gouverne la langue parlée, qui, elle, est toujours enseignée par le groupe à la totalité du groupe.

Les signes de l'écriture ne sont pas affiliés aux signes de la langue. Leur invention est rare. Leur apprentissage est distinct.

Les signifiants d'une langue parlée ne sont pas les signifiants de son écriture.

On peut transcrire une même langue parlée en de nombreuses écritures distinctes qui la traitent *chacune* selon son mode *inapproprié*, ludique, génial, historique, autonome. La page écrite ne transcrit pas l'onde phonique mais chacune des images qui sont alignées sur la peau animale raclée, sur la carapace, sur la surface vierge de l'écorce retournée, sur la brique crue, sur la feuille de lotus, sur le papier de riz, rend visible, à la suite d'un long apprentissage, l'invisible qu'elles amarrent. L'écriture transporte, trans-fère, méta-phorise, tire, attire, noue, attache, cloue. Elle ne concorde jamais avec le souffle, elle ne consonne jamais, elle ne vocalise jamais : elle hale l'âme dont elle a éconduit tout le souffle, elle la capte, elle en oriente le monde.

L'écriture cherche sans fin autre chose que ce qu'elle note de ce qu'elle évoque.

L'écriture ne lit jamais : elle pense toujours.

*

C'est ainsi que la langue parlée est un système phonologique que l'écriture ne transpose en aucune façon. En 2012, à la suite d'une expérience au protocole compliqué, Jonathan Grainger a montré que les babouins de Guinée pouvaient apprendre à discriminer les fautes d'orthographe, apportant par là la preuve que le code de l'écriture n'a rien à voir avec le système de la langue qui, elle, leur demeure inaccessible.

Le monde écrit est allogène au monde de la parole humaine.

Parler, lire, écrire constituent *trois* expériences distinctes.

Mettre au silence la langue parlée n'a rien à voir avec lire à haute voix l'écrit. Il faut peut-être même opposer le dispositif de la langue parlée qui dialogue dans l'air invisible entre deux êtres, l'un ouvrant la bouche, l'autre écoutant avec ses oreilles, à tour de rôle (alternant je et tu) et le dispositif de la langue écrite qui interrompt le dialogue, qui démembre et silhouette la médiation aérienne, activité qui *n'échange qu'avec son propre regard*, à la façon d'un homme qui rêve tout seul. Dans l'inscription l'objectivation du travail de la langue sur elle-même s'accomplissant en silence met au jour une parole se parlant à elle-même en dehors de la parole.

Alors la grammaire suppose le hors-parole, l'écrit, le détachement de l'acte de parler à l'égard des yeux de l'interlocuteur, la défusion du flux sonore allant des lèvres aux oreilles, la divergence des deux pôles qui se renvoient la parole dans le dialogue entre le locuteur et l'auditeur, détrônant les fonctions je et tu.

Il faut distinguer enfin de l'inscription volontaire externe la méditation solitaire interne. Cet en-boucle psychique de la langue devenue sans destinataire est ce qu'on appelle la pensée.

La pensée désigne simplement la rêvée infectée par la langue.

La pensée, à un certain degré de spéculation, à un certain degré de métaphore, d'envol, de vertige, suppose l'écrit.

*

La vie des lettrés pense et non leurs pensées.

*

Comme le signe écrit renvoie toujours à l'objet référent spéculaire (à la vieille silhouette d'image qui est à sa source) et jamais de façon directe au signe linguistique (jamais au système binaire d'opposition signifiant/signifié, qui se redouble dans l'opposition dialogique locuteur/auditeur) – devant chaque écriture nouvelle, on ne sait jamais bien comment chaque invention de l'écriture y parvient. Les derniers cours d'Émile Benveniste manifestent avec audace, avec génie, que, dans tous les cas répertoriés, une fois qu'un accès est trouvé pour l'invention d'une écriture particulière à l'intérieur d'une langue particulière, cette scription jamais vue qui surgit dans l'espace (au contraire du système de la langue orale qui ne cesse de se désordonner et de faire évoluer son ordre ou sa puissance d'ordre pour intégrer tout ce qui le malmène) ne bouge plus.

Les signes graphiques sont des fruits de brusque maturité.

Les hiéroglyphes égyptiens sont aussitôt eux-mêmes. La pratique amérindienne se fige. Les caractères chinois ou ceux de Sumer sont pour ainsi dire immuables. Dans l'abécédaire européen les lettres a, A, b, B, c, C, d, D, trois millénaires plus tard, sont les mêmes que celles qui étaient peintes en blanc et oscillaient sur les flancs rouges des vieux vases des Grecs, ou qui étaient incisées plus profondément, et de manière plus linéaire, dans la pierre des sarcophages des Étrusques. La langue connaît une métamorphose que l'écriture ne connaît pas.

CHAPITRE IX

Le mot littérature est sans origine

Le 17 mars 1969 Émile Benveniste donna au Collège de France sa dernière leçon avant qu'il perdît la parole.

Il dit tout à coup : Le mot littérature est sans origine.

Il ajoute : Connaître de quoi le mot littera serait le dérivé serait décisif.

*

C'est ainsi que, sur à peu près tout le territoire de l'Europe actuelle, *l'inscription du mot qui dit l'inscription* reste le mystère.

Nous sommes des mystes.

Le mot auquel nous vouons notre vie est une énigme.

Personne ne sait ce que c'est : la *littérature.*

Faute d'avoir conservé la mémoire de l'origine du mot litteratura, les anciens Romains s'en sortaient par quelques jeux de mots qui ne les convainquaient pas beaucoup eux-mêmes.

Hésychius dit que le pluriel latin litterae, les lettres, serait une métamorphose du pluriel grec diphtherai, les peaux. La racine du mot grec diphthera renvoie à la peau travaillée et lissée mais, au pluriel, ce mot désignait plus largement les deux tablettes liées entre elles, articulées l'une sur l'autre, s'ouvrant en diptyque.

Derrière toutes les « images » du monde il n'y a que deux « imagos » : les deux sexes femelle et mâle.

Alors que la verge et la vulve dans la nature *diffèrent*, dans la langue elles *s'opposent*.

Les *diphtherai chalkai* nommaient plus précisément encore les *plaques de bronze* que les sorciers de la Grèce ancienne clouaient l'une sur l'autre quand ils lançaient une ligature ou un maléfice. Hésychius proposait de passer du grec diphtherai à l'étrusque ditterae pour aboutir au latin litterae. Mais il faudrait que le mot étrusque *ditterae* fût attesté. Rien. Une dérivation non documentée n'est pas beaucoup plus qu'un rêve.

*

L'espèce humaine est sans unité : deux sexes qui diffèrent reproduisent deux sexes différents à l'instant où ils s'encastrent momentanément sans qu'ils s'unifient jamais. Chaque homme est de ce fait un rivage quand le flot se retire. Chaque femme une rive mais aussi une baie puisqu'elle est seule à porter la reproduction des deux. Litus en latin c'est le rivage qui borde l'océan. La littérature serait la rive qui borne la langue. La bibliothèque où se réfugient tous les livres écrits serait la laisse de mer pleine d'épaves, de coquillages, d'os de seiche, d'étoiles de mer, de traces, de fragments, de noyés, de débris, de proues éventrées et de poupes rompues, de vieux casques rouillés, de pièces de monnaie, de bouteilles à la mer, de pictogrammes, de trésors.

Mais ce renvoi latin n'est qu'un calembour.

Litoralis, le littoral, ne tient pas devant litteralis, le littéral.

Reste l'image, qu'on ne peut empêcher de naître dans l'esprit, mais qui n'est pas un sens.

Une image est toujours un fantôme.

Litorarius est aux berges et aux arbres des rives ce que litterarius est aux lettres et aux silhouettes qui se délinéinent sur la paroi de calcite des cavernes ou sur la blancheur de la pierre souvent marmoréenne des sarcophages.

*

Pour le petit *lit-* (qu'il faut sans aucun doute préserver au cœur du mot lit-térature comme son noyau primaire) il y a bien un litura parfaitement attesté au sens de rayure, incision, rature. Litera et litura sont très proches. Cicéron nomme liturarii les fac-simile, précisant qu'il désigne par là les simulations (adsimulationes) de lettres (litterae) et de ratures (liturae).

Les Romains nommaient libri liturarii les brouillons autographes des écrivains.

Ce que nous nommons des « manuscrits », ils les nommaient des « livres de ratures ».

À la fin de la République les libri liturarii étaient mis en vente auprès des collectionneurs après que le librarius les avait eu recopiés et les avait fait éditer par des réviseurs grecs. Mais cela prouve, a fortiori, combien les anciens Romains étaient loin de confondre litura et litera puisqu'ils ne cessent de les nommer côte à côte. Litura dérive de lino, enduire, recouvrir, recouvrir d'écriture, recouvrir de traits. Lino est tentant à Rome parce qu'il réfère à une pratique éminemment romaine qui consiste à enduire une tablette de buis légèrement excavée d'une fine couche de cire tiède. Une fois toute plane et séchée, on l'incise en écrivant sur elle les lettres séparées les unes des autres avec une pointe de bronze ou de fer qu'on appelle un stylus. Ce poinçon (sti-lus) pique (sti-ngo) la surface couverte de cire d'abeille. Pour effacer on retourne le stylus et du plat de la lame métallique on efface la lettre qu'on ne veut plus voir sur la surface meuble de la cire. C'est une tablette magique, sans le moindre doute. Mais cela n'a rien d'une rature. Effacer n'est pas raturer. Une rature c'est inciser une incision pour en détruire l'aspect. Les premières ratures figurent sur les parois des grottes paléolithiques les plus anciennes. Ongles d'hommes qui griffent les griffures d'ours dans les grottes d'Europe. Ou les traces des serres des oiseaux dans la Chine ancienne. Ou l'écaillement des traits sur les carapaces des tortues qui disent, in futuro, l'à-venir avant que le temps passe.

Ici, à Rome, il s'agit très précisément de lisser la cire afin d'être en mesure d'y engloutir l'empreinte précédente.

La marée, dans son retour, a tout effacé des pas sur le sable.

Lisser est tellement loin d'écrire.

Reste – à mes yeux – combien sont proches et troublantes ces deux pratiques proprement romaines : enduire de cire une tabula de buis, enduire de cire le visage d'un mort. Dans le premier usage on arrive à la lettre : littera. Dans le second usage on arrive à l'image : imago.

*

On trouve cette anecdote dans Suétone. Un courtisan demande à l'empereur Claude qu'il sauve un proche parce que c'est l'un de ses parents. L'empereur consent à raturer la lettre thêta (le signe du « À mort ! », l'initiale du mot Thanatos) qu'il vient d'inscrire en face du nom de cet homme qui lui avait manqué autrefois. Il prend le rôle, il saisit le stylus, il raie d'un trait et la lettre et le nom du condamné à mort. Mais Suétone : « C'est alors que l'empereur déclara : Néanmoins que la rature subsiste ! »

Litura tamen extet !

Laisse sur le nom la rature ! Laisse à la griffe quelque chose de son « extase » ! Laisse une proie sous l’ombre de ma main ! Laisse un dernier trait à la mort !

*

J’aurai consacré ma vie à une proie insaisissable
dont le nom n’avait aucun sens,
ni usage, ni fonction, ni dessein, ni origine, ni but.

CHAPITRE X

Les oiseaux de la Chine

Les Chinois volèrent l'écriture aux pattes des oiseaux.

*

Les poètes de la Chine ancienne ne faisaient que rêver la vie des ermites sur les pics de la montagne à la frontière des nuages. Ils ne faisaient que rêver la pêche imaginaire, assis dans leur barque, tenant la ligne, au milieu des étangs immobiles. Leurs poèmes n'étaient pas autobiographiques. Ou, s'ils l'étaient, ils l'étaient comme le sont le plus souvent les songes qui sont des promesses. C'étaient autant de retraites imaginaires où ils se plaisaient à se retirer, le soir, au fond de leur âme tandis qu'ils étaient encore à veiller dans le bureau de leur commune. Ils volaient ces images, ces aquarelles, ces chimères sur leur temps de travail, une tasse d'alcool à la main. Les sublimes poésies qu'ils composaient tout à coup étaient comme des prières. Ces solitudes pleines de quiétude, ces neiges sans empreintes de pas, ces immenses espaces sans voix humaine, ces barques vides laissées dans les roselières ou bien les nénuphars, ces amples vols de chouette dans le silence sous la lune, ces rapaces fusant dans la pureté du ciel juste au-dessus du vide – tout était rêves, citations merveilleuses, fétiches, souvenirs.

*

T. S. Eliot : « Les poètes immatures imitent. Les poètes matures volent. »

*

Les oiseaux volent.

Soit ils rament dans l'air, battant vivement des ailes, et parviennent à franchir les souffles.

Soit ils flottent. Ils se posent sur les ondes de l'air. Ils s'élèvent et ils planent en utilisant les courants ascendants des vents.

Soit ils plongent, ils fondent, piquent, percent l'air, détroussent les petits mammifères et les enserrent.

Soit majestueusement, pour ainsi dire immobiles, dans le vide, au-dessus des crêts de la montagne, ils se soutiennent en se jetant amont contre le vent qui leur fait face.

Le rêve lui-même vole.

Dans le rêve l'oiseau, l'homme, le fauve glane,

çà et là, des images, dans le souvenir du jour qu'il a perdu.

*

L'archæoptéryx a cent cinquante millions d'années.

Son bec contient encore des dents. Son dos porte déjà des plumes.

Oiseau qui ne picore ni ne vole.

C'est un être sans nom qui avance à quatre pattes comme un crocodile devenu fou.

*

Trois dessillements ont lieu successivement pour le faucon, pour peu que le seigneur franc, ou carolingien, ou arabe, souhaite qu'il cesse de se jeter amont et qu'il désire qu'il chasse en solitaire dans la sauvagerie de la nature, quand il l'aura libéré de son chaperon.

Ou Lodowig. Ou Karolus Magnus. Ou le roi Chahriar.

*

Le dieu lui-même a redécouvert trois fois le monde.

Dans la crèche sous le regard du bœuf au moment de naître.

Dans le désert tenté par le diable, au haut de la falaise, dans le plus grand vertige.

Enfin, avec la bêche sur l'épaule, ayant poussé la pierre énorme, sortant de la mort, il a redécouvert la nature sous forme d'un jardin.

C'est par regret – par un regressus qui est allé de la détresse de l'enfance jusqu'au supplice de l'esclave – qu'il a réchappé de la mort.

Mais le Verbe lui-même, le Logos lui-même, s'il a échappé à la mort, n'a pas échappé au silence de la mort.

Ô langage qui divises tout par deux dans la perte et la souffrance, tu es aussi un langage qui s'est *multiplié par deux* dans le silence et la lecture !

CHAPITRE XI

Qu'est-ce qu'un enfant ?

Qu'est-ce qu'un enfant ? D'abord un voleur, ensuite un criminel.

Il vole tout l'univers symbolique, puis il tue le père.

Chacun d'entre nous a volé *tout le langage qu'il parle.*

Il l'a fait sien puis une fois qu'il parle, il y croit : il a *volé son âme.* Il s'y croit. Celui qui parle croit qu'il est cet ego qui prend la parole dans le langage.

J'ai connu des femmes qui se prenaient pour elles-mêmes.

J'ai vu des hommes qui prétendaient s'être fait un nom. Mais qu'est-ce qu'un nom dans le réel ? Qu'est-ce que le petit mot ego au début de la phrase ? Tellement moins qu'un oiseau qui chante.

*

Chaque nuit la nuit dérobe. Elle dérobe le jour. Le temps aussi est un voleur. Il abat le vivant et en dissout la forme dans la terre ou le feu. Dans l'enterrement ou l'incinération. Mais c'est le langage qui est le voleur par excellence : il ne rend rien de ce qu'il dérobe et il dérobe tout. Il avale le monde et ne recrache que des lambeaux de cris. Il dépourvoit les cinq sens de la saisie impérieuse ou voluptueuse du monde – auquel il substitue un nuage insaisissable de phonèmes.

*

Enfin l'écriture vient voler tout son « crier » à la langue. Quand Stéphane Mallarmé écrit « silencieusement ou littérairement », c'est la même chose pour lui.

*

Assimiler c'est déjà être hanté par la dévoration du similis.

Au verbe latin « adsimulari » Quintilien le Grammairien préférait à juste titre l'expression « suum facere ».

Il ne s'agit ni de reproduire le même, ni de devenir l'autre, mais de « faire sien » ce qui n'est pas soi.

En ce sens il n'y a pas de « soi » au fond de soi, mais il y a un « faire sien » propre au corps.

Lire incorpore.

Pour le littéraire il s'agit de voler *deux fois plus* que l'enfance (l'infans s'approprie la langue parlée, se nourrit de tout ce qui fut pensé, ingurgite tout ce qui a été trouvé, dévore tout ce qui a été écrit). Sans qu'il s'agisse d'une fonction, sans que ce soit un but, le simple fait d'écrire dévoile le voile qu'on ne voyait pas, assourdit le son qu'on entendait, manifeste l'invisible de la langue parlée comme pourrait le faire une lampe plate à huile – sibérienne, japonaise, inuite, romaine – qui s'approche au plus près du bout du stylus qui inscrit ses lettres au cœur même de la vie : entre les yeux et les doigts.

*

Il vit entre ses yeux et ses doigts.

*

Petite lampe à huile que tient furtivement Psyché pour voir d'où vient son plaisir dans la nuit complète de la chambre.

Petite lampe dont la moindre goutte est capable de réveiller Éros tout entier et de le faire quitter d'un coup d'aile ce monde.

CHAPITRE XII

Litterarum amor

Libellus. Petit livre. Libellule. Là l'étymologie est sûre.

Psychè. Libellula. Petit papillon qui sort de la bouche des morts.

Mais à quelle chrysalide, à quelle métamorphose la psychè a-t-elle dérobé cette pratique silencieuse ? A-t-elle fait sienne la « litteratura » ?

*

Au XIe siècle, au Japon, naquit la passion de lire à l'écart de tous, derrière le kicho (un épais rideau), à l'aide d'une lampe à huile de poisson (en souvenir de l'océan). C'est soudain une multitude de journaux intimes – tous plus sublimes les uns que les autres – rédigés par les femmes exilées de la cour impériale. Les femmes, secrètes et seules, hantées, inscrivent les souvenirs de leurs plaisirs pour s'y plaire encore. Notent les vestiges de leur amour pour y aimer encore.

*

Litterarum amor, amour des lettres où le corps s'oublie (facit neglegentem corporis).

La femme chassée de la cour, l'homme qui se retire du monde, ils volent leur temps libre (otium) au négoce (neg-otium).

*

Le littéraire dans son oisiveté étrange s'absorbe dans quelque chose d'infini.

Il s'engendre lui-même dans une étrange liberté.

Il invente son nom progressivement. Il devient le chiffre de sa propre origine.

Jacques Lacan disait : la psychanalyse à la fin ne peut pas espérer beaucoup plus que la « jouissance d'écrire ». Lacan parle de Marguerite Duras. Il parle de sainte Thérèse d'Avila. Il parle des « noces taciturnes de la vie vide avec l'objet indescriptible ».

*

Ce qu'on appelle « le créateur », dans ce qu'on appelle « l'art brut », est une femme qu'on dit folle, est un homme qu'on dit fou, sans public, sans regard.

Parfois elle cache même ce qu'elle est en train de faire si passionnément quand elle est seule ; elle ne le montre pas au médecin ou à l'infirmière qui entrent dans sa chambre avec les médicaments. Elle le recouvre spontanément de son bras.

Lui, aussi, ce qu'il fait, il le fait pour le faire. Comme l'écureuil fossoie dans la terre ses caches qu'il oublie.

*

Voler, c'est *ouvrir* l'autre.

Ôter la chaîne du portail.

C'est percer des trous dans la muraille.

Dans la nuit, dans le silence, il vient prendre à l'autre son *autre.*

Il franchit *l'interdit* du corps autre pour retrouver l'objet qu'il a perdu.

*

Étrange serpent qu'on voit dès le jardin d'Éden.

Étrange ombilic silencieux que ce stylo que les doigts enserrent.

Le petit tube de bakélite noire va de ce qui est perdu à la lettre où il n'est pas.

Tel est le *contact* avec l'objet perdu.

L'amour, le silence, l'écrit exigent le contact dans le réel.

Blaise Pascal, les chevaux étant morts, la voiture s'étant brisée, cousit au lendemain de son vertige de mort, dans la doublure de son pourpoint, le morceau de parchemin de son mémorial, noté dans la fièvre au terme de la nuit du lundi 23 novembre 1654, parce qu'il souhaitait être perpétuellement en contact avec lui. Ce morceau de papier était son âme.

*

Le plaisir de prendre dans sa main le premier livre qu'on a écrit est intense. Madame de La Fayette exprime, dans une lettre qu'elle envoie à Ménage, la joie qu'elle éprouve à toucher le petit volume relié de peau de *La Princesse de Montpensier*, paru à la fin du mois d'août 1662. Elle réclame quatre, puis six, puis douze exemplaires, pour le bonheur de les caresser. Comme ils sont doux ! Elle ressent une grande satisfaction devant leur multiplication miraculeuse. Il ne s'agit en rien d'un plaisir narcissique puisque Madame de La Fayette n'a jamais signé ses livres et qu'elle n'a jamais revendiqué de les avoir écrits. Cette joie est beaucoup plus archaïque, enfantine, sexuelle, qu'elle n'est personnelle. En touchant son premier livre il s'agit d'un retour sur soi qui n'emprunte pas la forme d'un visage. Joie d'un contenant pur. Joie de toucher un contenant pur. C'est une joie utérine. Joie de premier royaume. Joie d'avant l'air, d'avant les orifices, d'avant les corps distincts, d'avant les choses désignées et les noms signifiés, d'avant le soleil. Joie muette et inépanchée. Joie d'être un soi refermé sur soi. Joie d'avant le réel lui-même qui naît avec la naissance. Joie de complétude absolue. Car il y a une joie plus ancienne que les mots qui détruisent ce qu'ils évoquent et qui hèlent avec leurs pauvres fantômes ce qu'ils ont perdu. Car il y a une joie plus ancienne que naître, qui n'est pas une joie.

CHAPITRE XIII

Héraclite d'Éphèse

J'ai l'audace maintenant d'écrire la phrase suivante : L'invention de l'écriture est plus importante que la découverte du feu. C'est la révolution humaine. Chaque inscription d'une langue parlée a été une révolution « anthropomorphisante » en ce qu'elle objectiva le cœur du groupe humain, qui est son langage. Héraclite alla déposer le premier livre écrit de l'Occident dans le temple de Diane chasseresse, à Éphèse, auprès de la Maîtresse des animaux du monde plus ancien. Auprès de la Sauvage. Ce qui allait, invisible, de la bouche à l'oreille avait gagné la main qui tuait dans la chasse et se mit sous les yeux qui guettaient jusque-là les fauves avec tant d'inquiétude. La langue parlée qui relie chaque individu à l'ensemble de la communauté s'éloigna, prit visage à la pointe effilée d'un tout petit épieu, s'affronta comme le plus beau visage de l'homme, se découvrit comme le pire ennemi de la nature et du monde sauvage de la vie.

*

Prométhée a volé le feu au ciel et l'a donné aux hommes. Héraclite a dérobé la langue à l'air et l'a enfouie dans l'écriture.

Bien avant la philosophie ce chamane d'Asie est le premier lettré de notre Histoire, du moins celle située à l'ouest du monde.

Chaque lettré (fur) a volé aux lettrés morts – à tous les morts qui font l'amont du monde – l'écriture où leur quête s'est ensevelie.

*

Songez à vous-même tout petit, minuscule, blésant, criant, balbutiant, aparlant, vous ouvrez vos yeux, vous levez votre visage, vous entendez, vous êtes nommé, vous vous engagez dans votre nom, vous vous entravez dans les sobriquets et les calembours qui s'entortillent et vrillent autour du nom que l'on vous a donné, vous êtes bâti par ce que la langue exprime, enjoint, désire, gronde, évoque sans qu'elle dise encore. Les jours passent, les mois passent, les années passent, insensiblement vous marmottez un mime de mots insensés qui se suivent.

Parler une langue, même si chacun d'entre nous a à l'apprendre dans la petite enfance, est presque naturel, presque inconscient, en tout cas devient inconscient une fois que la langue est acquise, tandis qu'écrire une langue prend ses distances par rapport à l'obéissance sonore terrifiée que l'apprentissage entraîne, se cabre par rapport à l'intimation à laquelle l'âme jusque-là adhérait, se récuse et même recule face à la langue comme le peintre recule devant une peinture.

Écrire fonde un nouveau royaume face à cette tyrannie, cette audience, cette obaudientia, cette obéissance involontaire cardiaque, fœtale, puis respiratoire, impulsive, infantile, puis enfantine, égosillante, puis linguistique, filiale, sociale, qui est celle de l'ouïe par rapport à la langue du groupe maternel.

Dans l'écriture la langue s'autosémiotise. À la fois le contenu s'éloigne et le sujet se défait.

Toute adresse s'y décompose.

Celui qui se saisit du langage dans sa mise au silence et dans son objectivation lettrée cesse d'ouvrir l'action du dialogue où l'autre se fait soi et où soi se fait autre.

*

Écrire un livre (méditer une signifiance, s'immerger dans un vouloir-dire à la fois très insaisissable et très substantiel) est très différent de fixer un message, de retenir un ordre, de le relayer, de le traduire ou de le retransmettre, de désigner un objet, de nommer quelqu'un, de le faire venir jusqu'à soi.

Écrire, à la différence de parler, s'arrête en silence sur la langue que la psyché emploie par coutume. Alors l'âme cherche quelque chose d'autre qu'elle dans le monde invisible, interne, silencieux, fermentant, où elle se recèle, se cache, s'individualise, se thésaurise.

*

Tertullien : Nous écrivons *sans acception de personne* (sub exceptione personarum) par la voie secrète d'un plaidoyer muet (via occulta tacitarum litterarum). En suivant le sentier occulte des lettres taciturnes la littérature est l'instrument de toute la vie. Instrumentum ad omnem vitam litteratura. La littérature sert la vie en tant que tout.

*

La psychè tâtonne dans l'obscurité de la poche linguistique où le rêve furète, où un démon flaire et renifle autour des signes, où une *umbra* perdure parmi les forces et les images et la magie plus anciennes et les silhouettes des aïeux humains de l'ontogenèse, des arbres et des animaux de la phylogenèse.

CHAPITRE XIV

La psychanalyse

Je risque soudain cette thèse téméraire : La fragmentation littérale et l'association libre sont liées. Il faut du fragmentaire épars hasardeux si on veut passer d'une idée à une autre dans le vide et risquer le sens toute honte bue. Si on dit que le patient est guéri dès qu'il peut associer librement sans angoisse, cela veut dire qu'il accepte en lui interruption, non-sens, chaos, vide, morcellement, non-savoir, rêve, hasard sans trop souffrir, dans le plaisir même, retrouvé, un peu hagard, d'errer de trace en trace.

En d'autres termes, la discontinuité linguistique et la santé mentale sont peut-être inhérentes.

*

La ponctuation désoriente le flux linguistique de la langue parlée. Non seulement elle canalise la pulsion mais elle dérive le mouvement du flot. La langue parlée va irréversiblement de ante à post. Or, ce qui s'écrit se relit. Les biologistes affirment : La vie est différenciée et sculptée par la mort qui l'individualise. La langue parlée, une fois objectivée sous l'apparence des signes écrits, décontextualisée du dialogue interhumain et du medium invisible du souffle, une fois quitté l'air atmosphérique, une fois dédoublée et atomisée dans les différents traits que les lettres associent entre elles, nettement singularisée par la graphie spécifique de chaque caractère à l'intérieur de la contingence mise à nu de chaque langue et de chaque histoire de langue, est peu à peu appropriée par celui qui la rompt en morceaux.

Ameisen dit : Seule l'élimination rétrocède, ponctue, rature, libère.

Le biologiste parle alors comme un psychanalyste qui réagit en frémissant, en toussotant, en soupirant, devant l'onde sonore qui passe.

Benveniste ajoute : L'insonorisation extraordinaire de l'écriture dé-destine les locuteurs. L'ancien destinataire physique du monde oral devient l'ensemble non seulement des absents mais introduit à l'ensemble universel des morts. L'objectivation de la masse verbale sur une surface externe permet de découper l'infiniment ancien monde imaginaire en autant de signes symboliques édifiant une sorte de Campo santo.

La mort cellulaire taille, dégrossit, cisèle les jambes, les bras, les épaules, les mains, les doigts.

L'inscription littéraire cisaille le continu, interrompt la vague continue de l'oralité, sectionne le magma énigmatique du milieu humain sonore.

L'invention de l'écriture fut une véritable apoptose de la langue parlée par les humains.

*

J'écris, je coupe, je remanie, je précise, je m'approche, je m'affirme, telle est ma joie.

Ratures ou coupes, disent les écrivains.

Scansions ou castrations, disent les psychanalystes.

Suicides cellulaires, disent les biologistes.

Apoptoses végétales, disent les naturalistes. Il s'agit toujours de la mort créatrice, c'est-à-dire la vie par recomposition incessante, c'est-à-dire l'activité fiévreuse et effervescente et périlleuse par laquelle la vie recourt passionnément à la mort comme s'il s'agissait d'un instrument interne à elle-même.

La vie interprète la vie par la mort.

Les gènes de nos corps sont des suites de lettres formant comme des mots. Je quitte l'ABC pour l'ADN. L'ADN est comme une longue phrase. Je quitte l'ADN pour l'ARN – qui est le traducteur qui se penche sur sa copie.

Le verrouillage des potentialités se déverrouille dans l'écrit.

Chaque écriture est un chiffre et, de ce fait, une *clé* qui ouvre la demeure au voleur.

*

Sénèque écrit à Lucilius I, 142 : Nous écrivons, nous morcelons en petits bouts le souffle où tout de nous s'expire. Non seulement nous émiettons la vie que nous menons, mais nous en modifions le cours en méditant les signes que les volontés et les désirs émettent ou extorquent, en contemplant les passions qui obsèdent les jours.

Diducimus vitam in partibus ac *lancinamus.*

Vie qui devient non seulement plus vivante mais enfin *lancinante.*

L'écrit, en oubliant le dialogue, oublie le destinataire.

Écrire plonge la pensée dans un infini sans autrui.

Écrire ne rencontre l'extériorité que comme expression infinie, une transcendance sans visage, un voyage sans retour, une extase.

CHAPITRE XV

L'ange Gabriel apparaissant à Mahomet

L'ange Gabriel apparut à Mahomet dans la nuit de la grotte. Il fait froid. Tout est si obscur. L'ange ne lui dit qu'un mot :

— Lis !

C'est le 17 du mois du ramadan 610 que Mahomet connut la révélation de la lecture dans la grotte de Hira.

Après Moïse qui se fit Loi, après Jésus qui se fit Verbe, Mahomet se fit Lecture.

Le tout premier mot du Coran est *Iqra !* impératif de lire à la deuxième personne du singulier.

Cet impératif engage sans tiers.

Dieu implique *dans la solitude de la lecture* toute l'humanité dans tout homme.

CHAPITRE XVI

Le vert

La disparition du soleil dans la nuit.

La disparition du visible dans l'ombre.

La disparition des objets dans le langage.

La disparition du langage dans la sensation.

La disparition des individus isolés dans l'étreinte.

La disparition des êtres dans la mort.

La disparition des morts dans le temps.

L'apparition du vert.

*

Je m'étais endormi en lisant. Il faisait nuit noire quand je me suis réveillé. Je me suis levé. J'étais étonné. J'étais surpris de m'être endormi. Il me semblait que je revenais d'un monde. Je regardais la lampe, je regardais le reflet de toutes les bibliothèques blanches qui se répercutait sur la vitre nocturne. Les vitres des fenêtres de la maison où je vis sont aussi anciennes que la maison elle-même. Leur surface s'était mise à gondoler avec le temps. Elles se sont amincies à force d'usure. Quelque chose s'est terni en elles qui les rend mouvantes, incertaines, déformées, plus vivantes. On dit que la lune est la cause directe de ce mouvement de vague si lent qui affecte le verre exposé à ses rayons nocturnes. Cela fait plusieurs siècles que la clarté de la lune les a bosselées. Les reflets y sont devenus plus mystérieux.

C'est un contact sine medio que celui de la lune sur les mers, sur les chiens, sur les âmes, sur les nuitées des hommes, sur les soupirs soudain immenses et inquiets des félins, sur les insomnies imparables lorsque la lune est pleine, lorsque les loups hurlent en la découvrant toute ronde au-dessus d'eux.

Même les vaguelettes qui longent la rive se soulèvent visiblement alors.

L'espace s'y incurve.

Peut-être même l'espace s'attire-t-il lui-même, en personne, à l'intérieur de la courbure de l'atmosphère, les jours de pleine lune.

Je regardais les silhouettes presque avalées de la table ronde et du tapis qui la recouvrait.

Je regardais le minuscule fût de lumière à peu près vertical sous la lampe. Je regardais mes genoux ronds et relevés sur ma chaise longue puisque j'étais en train d'écrire ce que vous êtes en train de lire. Je regardais ma main qui avançait, les petits poils qui avaient été blonds et qui étaient devenus blancs et qui brillaient. Il me suffisait de tourner la tête vers les carreaux de la vieille fenêtre pour y apercevoir mon bonheur en acte. L'image s'y retournait comme l'âme tourne, comme la terre tourne, comme la lune tourne, et tragiquement se défait, et miraculeusement se refait, devient gibbeuse, s'emplit, devient incroyablement brillante et merveilleusement circulaire. Mes modes d'accès à ce monde montaient eux-mêmes comme une sorte de spirale à force de lire des livres, à force d'emplir des volumes à l'aide de ces lectures, à force de transiter par le langage et d'en revivre, en la recreusant indéfiniment, l'accession, d'examiner la formation successive des langues qui s'y superposaient, de m'émouvoir de la contingence si fortuite de chaque forme, que leur usage rendait de plus en plus instable et peut-être même ludique.

Si ces modes d'accès à ce monde étaient indirects ils en dérivaient néanmoins le plus qu'il était possible et, autant je les replongeais dans leur ancienne imminence, autant je ranimais grâce à eux une sorte de source vivante qui y venait déborder.

Car une eau se mêle au bonheur.

Avec un peu de perversion dans la conduite des jours, avec la mise au secret des joies les plus précieuses, avec trois heures par jour consacrées à synthétiser dans un peu d'artisanat silencieux un embrouillamini de cris, de souvenirs de cris, de carences, de symptômes, d'énigmes, j'étais devenu de plus en plus heureux.

*

Un peu comme les plantes se font de la lumière du soleil une couleur.

Quelle audace et quel courage eurent les racines, les bulbes, les tiges, les feuilles !

Elles firent l'effort de surgir de l'eau.

Elles firent l'effort de se dresser à la surface de la terre et de fabriquer sans le savoir une teinte si différente de celle de la nuit, de celle de l'atmosphère qui entourait la terre, de celle du soleil, de celle de la mer.

Elles firent émerger la *couleur verte* dans ce monde.

Elles firent apparaître toutes sortes de verts sublimes sous les ailes légères des oiseaux, sous les yeux des herbivores, sous les rayons du soleil, dans l'ombre mouvante et souple que portent les nuages et le vent.

CHAPITRE XVII

Autobiographie

Les araignées de mer qui règnent au bord du flot mais qui restent en aval de l'estran, qui gîtent dans les roches couvertes de moules à demi submergées, fixent sur leur dos à l'aide de leurs pinces, les mêlant aux poils qui le hérissent,

des touffes de goémon,

des morceaux d'éponges,

des fragments de coquilles et de coques,

des copeaux de bois,

des bouts de papier, des charpies de colis-poste, des capsules de bière, des résidus de matière plastique qui avancent sur le sable puis qui nagent sous l'onde.

Il y a un reste du corps qui n'est pas totalement venu dans l'air et à la lumière, qui touche encore, entre le pouce et l'index, la vieille peau du délivre.

Entre le pouce et l'index il n'a plus de visage : il tient encore la plume et le reste d'un bec que l'encre emplit.

Écho continue le continu.

Il sort de l'Éden : il entre dans ce monde.

Il sort du monde : il entre dans l'Éden.

Il y a quelque chose qui prolonge et éternise la poussée, le flot, la pulsion, la marée, qui cherche encore à naître, qui doit surgir sous n'importe quelle forme dans la lumière.

Il y a un élan qui s'élance même dans celui qui se jette dans la mort.

*

Le 26 juillet 1864, par une forte brise du nord-est, un yacht, contrevenant au mouvement du flot, évoluait à toute vapeur sur la mer. Lord Edward Glenarvan vise et harponne un requin. On hisse l'animal mort sur le pont. On l'éventre. À l'intérieur du ventre du requin, sous son couteau, Lord Edward découvre une bouteille contenant trois messages rédigés en trois langues : en anglais, en allemand, en français. Rongés par l'eau salée de la mer, ils sont devenus indéchiffrables. On perçoit seulement le mot lost en anglais, le mot grausam en allemand, le mot agonie en français.

Perdu, cruel, agonie…

La vie est là.

Mais aussitôt, de façon inexplicable, associant avec génie, Lord Edward Glenarvan lit Patagonie dans agonie. Et aussitôt le yacht change de direction. Il fait voile vers le plus loin du monde.

Le roman *Les Enfants du capitaine Grant* raconte

l'histoire d'une recherche qui ne connaît pas de fin.

Le yacht de Lord Glenarvan est le navire *Argo* que commande Jason, en compagnie d'Orphée et de sa lyre, en route à la recherche de la Toison d'or.

Ils avancent de port en port mais en vérité ils avancent d'erreur de lecture en erreur de lecture.

Agonie. Patagonie. Australie. Tout à coup c'est l'île Tabor.

— Vous parlez comme un livre, dit Lord Glenarvan.

— Et j'en suis un, réplique vaillamment l'érudit.

Robert reste invisible sous l'aile du condor mort.

— Mon père ! Mon père ! parvient à s'écrier Mary Grant.

*

Lire est un voir-et-entendre en position fœtale, les jambes et les bras ramassés dans le mot souche *intus* de l'intime, sans avoir accès à la voix externe, à l'écart du groupe.

Écrire est un étrange toucher. Une énergie musculaire, anale, expressive, expulsante, guide encore les muscles des doigts. Cette énergie, refluant de la masturbation enfantine, elle-même relayant la saisie prédative animale victorieuse, *agrippe* avec une véritable détermination inentamée.

On serre de toutes ses forces un bout de tube qui fait vivre. Cela devient un bout de silex. Cela devient une plume d'oie. Cela devient une navette d'os. Cela devient une aiguille de fer.

On rature comme Montaigne.

On tisse comme Philomèle violée.

On brode comme la reine Mathilde.

*

« Hic Harold mare navigavit. » (Ici Harold prit la mer.) Telles furent les lettres latines que Mathilde a inscrites en faisant aller et revenir son aiguille de fer sur sa broderie en 1066. La reine a brodé, lettre après lettre, ces mots au-dessus de la tête du roi. Voici l'image qu'elle a conçue avec toutes ses pelotes de fils de couleur : Le roi Harold a retiré ses chausses. Ses jambes et ses cuisses sont nues ; il avance dans les vagues glacées de la Manche ; il tient sur son poing gauche son faucon ; son sexe trempé a froid ; il a pris sous son bras droit son chien courant qui refusait d'entrer dans l'eau tant la mer était bruyante mais aussi éclaboussante et glacée. La marée soudain monte. Le roi avance dans la mer qui monte et qui le porte vers un royaume qui n'est pas celui qu'il espère. Sur l'image les litterae brodées formant le verbe NAVIGAVIT renvoient à 1064. Ici Harold prit la mer. On est à Houlgate, à l'embouchure de la rivière, la rivière s'appelle la Dives, le Jadis sur la broderie de la reine a deux ans.

CHAPITRE XVIII

La tapisserie

Tous les dépressifs cherchent à *tenir*.

Dans écrire une main absolue s'agrippe.

Cécile Reims assise devant sa fenêtre et son jardin de La Châtre tenait la navette, tenait le poinçon, tenait la plume d'acier, tenait la mine de plomb. Ou encore elle poussait la porte-fenêtre devant elle, et, dans le jardin qui lui faisait face, tenait le sécateur, tenait l'arrosoir – toujours *tenait*.

Celui qui écrit manie quelque chose sous ses doigts tout le temps. Une chose d'avant le temps. Un bout de cordon qui alimente. Le prépuce qui recouvre une verge que l'espoir, que le vide caverneux gonflent. L'ourlet d'une poche qui vous contient.

Écrire assure une prise entre les deux mondes possibles (entre le premier monde et le dernier royaume).

*

Lors des deux dépressions que je fis en 1975 puis en 1981, je passais mon temps à faire de la tapisserie. J'y consacrais tout mon temps. J'avais conçu d'immenses tapisseries dont je composais le dessin sur des grands patrons de papier kraft en rapportant des miniatures des manuscrits de la Bibliothèque nationale que j'avais simplifiées puis quadrillées en sorte de pouvoir reporter sur le canevas les grandes silhouettes que j'y délinéais. C'étaient d'immenses caravelles sur la mer. La *Niña*, la *Pinta*, la *Santa María*.

De grandes gabarres rentraient dans le port de Raguse.

Des tialques traversaient l'Escaut jusqu'à la rade d'Anvers.

L'âne Lucius, dans Apulée, éprouvait son vertige de mort sur le rebord de la grotte des voleurs, au-dessus de l'abîme blanchâtre.

Renard le Voleur joue de la cornemuse sur le cadre de la charrette pour tromper son monde.

Le bel adolescent Éros, dans la chambre de Psyché, se transforme en un immense corbeau sur le garde-corps de la fenêtre.

L'aiguille d'acier, si fraîche entre mes doigts, une fois glissée entre mes dents, faisait revenir la salive dans la bouche pleine du vide psychique, pleine du vide asséchant de l'angoisse, pleine du désert refusant les souvenirs.

Je me cramponnais à l'épaisse aiguille à broder.

Il s'agissait, seconde par seconde, de faire passer, minute par minute, le temps insupportable.

Franchir l'angoisse, quart d'heure par quart d'heure, sans panique, sans affolement de détresse, sans désir de se précipiter vers la fenêtre pour en ouvrir en toute hâte les battants et se jeter dehors. Je lavais le plancher à quatre pattes, latte par latte. J'épluchais des légumes en petits bouts. Le trismus de ma mâchoire était tel que je ne pouvais rien manger de solide faute de pouvoir écarter les dents. Il me fallait une paille. Je suçotais les soupes que mon épouse préparait et qu'elle avait la patience de mouliner comme si j'étais un petit enfant et que je mérite qu'on se soucie de moi.

*

Il me semble qu'il y a dans ce que j'écris – dans ce piège abrupt et difficilement prévisible que je tends à je ne sais quoi qui passe – l'espoir de faire naître bien autre chose qu'un visage.

Quelque chose de plus ancien qu'un visage.

Un lieu.

Un lieu avant qu'il se transforme en visage.

Un lieu qui est un piège pour une force.

Peut-être est-ce cela, un paysage.

Un monde qui accueille et qui se referme sur ce qu'il accueille et le protège à l'intérieur de sa membrane invisible, le long de son pourtour merveilleux.

Un site pour la splendeur.

Une porte qui s'ouvre sur un jardin.

L'intervalle est comme un ravin merveilleux. Ce ravin est un porche.

Au fond de la distentio, du diasthèma, de cet ouvrir entre les mots, du blanc entre les lettres, une petite rivière coule, paradisiaque, entre les arbres, sous les feuilles des branches, dans les rayons que le soleil verse.

Comme un emplacement féerique. Une fissure édénique.

Une Dives.

Une hottée étrange.

Un petit barrage qu'une main d'enfant édifie sous le couvert, dans la pénombre des petits chênes de la forêt primaire des Ardennes.

Une attente qui ne trouve pas sa paix, qui ignore encore ce qu'elle cherche mais où la surprise se prépare et pour laquelle une joie douce, tiède, s'apprête.

Une lecture qui se suspend. Tout à coup on contemple.

Quelque « chose » contemple quelque « chose » en continuant de lire.

CHAPITRE XIX

La porte du sommeil s'appelle l'aube

Toujours, dès ma plus minuscule enfance, il me fallut me trouver un endroit pour me soustraire aux miens. Sous la table et sa nappe. Sous les franges des fauteuils. Un recoin pour me dérober. À côté du radiateur une tombée de rideau. Une ruelle de lit pour échapper au regard de ma mère, au reste de la famille, à mes frères aîné et puîné, aux cousins d'Ancenis, à ceux de Chooz, aux pêcheurs de Loire comme aux pêcheurs de Meuse, à tous. Ce fut d'abord la pièce où on me mettait dans le noir afin que je ne perçoive pas les aliments et où je mangeais seul. Puis ce fut l'insomnie et l'usage si furtif, si rusé, si habile, de l'avant-aube pour s'y retrancher, jouer, rêver, lire sans bruit. Passer de la nuit à la lumière, c'est naître, c'est vivre. J'essayais. Aurore tel est le nom du temps qui naît et qui tue. Eôs est la plus jeune des déesses, aux longs bras indécis. Elle naît avant que l'aube soit et que le soleil naisse, elle tue la nuit qui passe et qui semble s'éteindre avant même de s'enfuir. Aurore est le nom de la déesse aux ailes pâles, aux plumes faites de longues brumes si pâles, avant ses longues rémiges si délicatement roses, déesse si frêle, du moins qui semble si fragile mais qui pourtant enlève Orion, qui enlève Céphale, qui enlève Phaéton, qui enlève Tithon et le restitue sous la forme terrible d'une cigale desséchée, au chant crissant, crispant, lugubre, aux deux ailes entièrement membraneuses, textueuses, livides, translucides, qui ressemblent aux pages de soie des missels ou des pléiades.

Le temps, quand il est à l'état natif, est le temps à la limite du temps. C'est celui des oiseaux, des lueurs, du vent qui gémit en lui-même avant qu'il s'éveille et qu'il souffle.

Eôs est la mère de la brise et du vent.

Le temps avant le temps qui dure – le temps qui précède le monde manifeste, lucide, extérieur, perceptible, social, bruyant, pressant, hurlant.

Le temps où se replier encore, se taire encore, poursuivre le silence dans le susurrement du crayon sur la feuille aussi blanche, gris-blanc, grise, que le jour qui se prépare.

Clarté obscure où ne pas tout quitter de la nuit première.

Elle dort. Comme elle dort profondément ! Comme son souffle est confiant, lent et lourd ! Je soulève son bras, je soulève les grands cheveux noirs où mes doigts se sont pris. Je me retire subrepticement du drap. Je m'évade de l'espace du lit. Je quitte la chaleur qui entoure et protège les corps durant le sommeil. Je quitte l'obscurité qui règne dans la chambre.

Nu, je longe le couloir que je n'éclaire pas.

Ici je monte l'escalier en colimaçon.

Là je descends deux escaliers qui sont tout droits.

J'avance sur le carrelage de la cuisine. Je laisse tout dans le noir. Je remplis la bouilloire dont j'attends que l'eau chante. Il arrive que je mange un yaourt : c'est dans le souvenir d'un sein que je n'ai jamais tété.

*

Voici un rêve. Je suis dans le souk de Jérusalem, via dolorosa, chemin de la Passion, via paschalis sur les parchemins des croisades. Je veux monter. Je veux monter encore. Je ne parviens pas à remonter la ruelle douloureuse parce que je suis à contresens. Ne cessent de descendre, avec une incroyable poussée, des femmes et des hommes qui m'écrasent. Ils sont couverts d'armes. Ils hurlent. Je ne parviens vraiment pas à gravir la pente si raide de la ruelle. Tout le rêve est cet effort impossible. Je vois sainte Véronique qui tient dans ses mains une grande serviette pour essuyer la vaisselle. La ruelle se courbe, se fait plus obscure, elle devient de plus en plus basse, j'étouffe sous les voûtes de pierre, ce sont maintenant des régiments de soldats israéliens qui descendent avec des mitraillettes dans les mains, des colts glissés dans la ceinture, qui me plaquent contre la muraille romaine. Je n'ai plus de souffle. Puis je vois au loin devant moi le toit d'or de la mosquée, le plateau, l'air libre, le cheval merveilleux de Mahomet qui s'effare sur la roche où il a laissé l'empreinte de son sabot alors qu'il prenait son essor pour se rendre dans le ciel. Curieusement, ce sont les hauts de Lisbonne. La forteresse de saint Jean domine toute la cité qui domine le Tage. Je ne pensais pas arriver jusque-là aussi vite. Mais tout reprend. Le défilé ininterrompu des hommes et des femmes me heurte de plein fouet alors que je cherche à gravir le chemin de ronde qui mène à la citadelle qui veille sur Lisbonne. La foule, la débandade de la foule me repoussent sans cesse en arrière. Finalement je heurte le mur. Je me réveille. Je me lève. Je n'en puis plus de mes rêves. Je vais écrire.

*

Rêve de reptation que je faisais si fréquemment, si péniblement, sans fin, sans succès, dans l'aube, de mansardes en soupiraux, en cages d'escalier, en œils-de-bœuf, en gouttières. Entre les conduits de cheminée, les Velux, les Was ist das, les antennes de télévision au double Tau que le vent malmène, les chéneaux des mansardes, les canalisations en zinc, les fils mis à nu des câbles électriques. Il est possible que j'aie fui ces scènes qui m'angoissaient, me forçant à me lever plus tôt qu'elles-mêmes, en sorte de ne pas être soumis à la peur de ma propre naissance.

Qui pleure quand on pleure ? Qui naît quand on naît ? J'aime tellement les chats parce qu'ils aiment les soupiraux, ils se font un bonheur des boyaux qui m'apeurent, des conduits, des tuyaux, des glissières, des à-pics.

*

Aube a surtout pour moi le sens du vêtement de l'enfance dans les ruines du port au lendemain de la guerre, au lendemain du spectacle immobile de la reconstruction suspendue, interminable. Au lendemain de la reconstruction vaine, vana aedificatio sans cesse reportée dans le temps, infinie dans le vent qui afflue de la mer du Nord, de l'Écosse, de l'Islande.

C'était ma livrée de spectacle dans la chapelle du lycée en ruine.

Je suis dans la sacristie ; j'enfile l'aube par la tête ; je noue la cordelette blanche autour de mes hanches d'enfant ; je vais poser les mises. Ce sont les burettes, le plateau de cuivre, la serviette repliée sur l'autel, la clochette sur le tapis des marches, l'assiette pour la quête sur le banc.

Je regarde attentivement ; tout est prêt ; je reviens dans la loge pieuse.

Servir la messe dans la petite chapelle qui fut finalement abattue en 1957, c'est le premier théâtre. C'est ma première aube mais aussi ma première ténèbre. C'est mon premier butô. C'est la première angoisse domestiquée en trac proprement *de spectaculis.* Car le spectacle, au début des années cinquante, doit encore être appris par cœur en latin.

Comme le prêtre vient de le faire attentivement, on se peigne devant le petit miroir cloué sur la pierre nue de la sacristie.

J'entre devant lui dans le chœur les yeux baissés, sans regarder la nef.

Sans regarder les regards.

Nous nous dirigeons vers l'autel et les cierges allumés.

Je sers en blanc, dans la lueur des vitraux, devant la grille en cuivre qui sépare des fidèles.

Je sers en noir, sur la scène du butô, dans l'extrême pénombre, mêlée de très peu de halos, qui est celle des performances de ténèbres, une chouette effraie à la main.

Chouette effraie vivante tellement plus légère que la sonnette de cuivre. Tellement plus duveteuse et douce que le claquoir de ténèbres qui fait s'agenouiller.

*

Un jour je suis revenu au lieu de mon enfance et j'ai joué un butô avec Carlotta Ikeda, avec Alain Mahé, dans le théâtre municipal du port du Havre. J'y suis revenu plus récemment, le jeudi 6 avril 2017, avec Marie Vialle, la chouette Bubbelee, Kaoru Hakata, la corneille Ba Yo. Tous mes anciens condisciples, du moins les survivants, étaient là. Quand la corneille vint se poser sur ma tête nue, comme j'étais ému !

CHAPITRE XX

Car les ombres sont des fleurs qui poussent dans le temps

Grands reporters étaient les bombardiers de la Seconde Guerre.

Les photographies aériennes qui résultèrent des bombardements anglo-américains sur la côte Ouest de l'Europe montrèrent que les châteaux de Normandie écrivaient sur le sol la lettre initiale du nom que leur bâtisseur venu des îles noroises du Nord et du volcan d'Islande portait jadis.

L'ombre, toute ombre dans la surface que le soleil éclaire, écrit lentement sur la terre la même forme singulière à chaque heure.

L'ombre vient aux arbres avec les feuilles au fur et à mesure qu'elles se multiplient et se déplient sur les branches qui retombent du tronc.

Cette trace du temps s'accroît dans l'espace et grandit à leur pied.

L'ombre progresse, arbre par arbre, suivant chaque essence, au cours du printemps.

Soudain elle apporte avec elle l'été qui la réclame.

Plus le temps avance, plus la ramure augmente, plus l'ombre dans les racines se fait profonde et lente et ample, plus nombreux les femmes et les hommes qui s'y rassemblent et qui s'y protègent des rayons du soleil qui lui-même s'élève et se fait de plus en plus chaud et torride au fond du ciel.

*

Trace du soleil avant la vie est l'ombre.

Cœur noir de la vague.

Cœur noir sur lequel s'enroule la vague en progressant.

*

Étrange fleur qui naît des feuilles, voilà ce qu'est l'ombre.

La principale fleur sombre parmi toutes les fleurs colorées qu'apporte le printemps.

*

J'irai revoir ma Normandie : c'est le pays qui m'a donné le jour.

Là où le fleuve, la Seine, se jette dans la Manche.

L'air de la chanson intitulée « J'irai revoir ma Normandie » fut volé à Jean-Baptiste Lully par Frédéric Bérat en 1836.

CHAPITRE XXI

Le claquoir des Ténèbres

On appelait *livre*, chez les chrétiens, jadis, le *claquoir* des Ténèbres.

Le « livre », en ce sens religieux (en ce sens si ancien qu'il est presque oublié des dictionnaires), était formé de deux planchettes de bois de buis qui étaient reliées entre elles par le haut à l'aide d'un lacet de cuir.

Le livre, à l'instant où le rituel l'imposait, faisait sauter le cœur.

*

C'est une chose devenue si rare que Dieu ou sa nuit ou son absence soient accessibles de nos jours dans le silence désacré, assourdi et même spongieux des anciennes chapelles, des églises ou même des cathédrales !

Dans le grand navire immobile se tient toujours le vieux voyage éternel astral !

Dans cette étrange face immense et éminemment sombre revient le souvenir.

À l'intérieur c'est toujours une sorte de nuée pressante d'orage qui stagne.

Dans son étrange odeur pourrie et presque forestière, mêlée de brûlé c'est-à-dire d'encens et de cire de bougie, se cache la vieille tanière des fauves.

Dans cet étrange jeu si dense sur le fond stellaire obscur.

Ils jouaient à Stonehenge.

Ils jouaient dans les pyramides les plus lointaines.

Un dé noir, telle est la Kaaba.

*

Autrefois, dans la chapelle aux murs chancelants, après que l'enfant de sept ans se fut agenouillé dans les plis de son aube, sur le tapis qui recouvrait les marches, les mains sortant de son surplis, il frappait violemment l'une contre l'autre les tablettes de buis, tous les fidèles assis sur leur banc sautaient en l'air et, aussitôt, obéissante, l'assemblée ne formait plus qu'un seul corps se mouvant lui-même à la façon d'une seule vague, relevant son rouleau pour le laisser retomber devant elle, se mettait à genoux dans la pénombre.

Le bruit que produisait le claquoir des Ténèbres disant la mort, alors qu'il faisait retentir progressivement son formidable écho tout le long des parois de la nef, était beaucoup plus effrayant que celui que provoquent les castagnettes, si semblables dans leur principe, et qui elles-mêmes dérivent du *livre*.

Plus sec encore, plus dur, il était plus terrifiant car plus imprévisible.

Il était plus imprévisible parce qu'il était unique.

Le dieu qui meurt ne meurt qu'une fois et pour toujours.

Même si tout le volume de chaque église se mêle de le répercuter, ce claquement ne se redouble pas.

Et, aussitôt ce son claqué, le cœur ayant été immédiatement tyrannisé, la tête s'inclinait violemment, les mains se posaient sur le prie-Dieu, les doigts s'étreignaient, les genoux nus au bas des culottes courtes s'écorchaient sur la paille, les paupières se fermaient sur les yeux à partir de cet instant *interdits* de vision.

Dieu mourant venait encore mourir.

*

Alors il ne fallait surtout pas regarder Dieu, ni la nef, ni l'encens, ni l'ombre, ni même le visage des proches, ni même le cortège qui se formait. Dieu était mort et la fin s'approchait et nous entrions dans l'autre monde terrible, invisible, ne devant pas être vus dans ce qui ne voyait pas, terrifiant de son absence.

Gott ist tot, tel est le Temple. C'est tout ce que désira dire Luther quand il s'adressa à Rome. Mais Rome le savait depuis Attis. Depuis Penthée.

Depuis Orphée. Depuis le premier homme tombant en arrière qui a été peint par les hommes du commencement de notre Histoire sur la paroi au fond d'une caverne, Dieu est mort, la Déesse est perdue, la Maîtresse des animaux sauvages a quitté ce monde en même temps que ses fauves exterminés.

*

« Dieu est mort » était là *d'origine* dans la résonance du claquoir des Ténèbres, dans la résonance des stalactites qui tombent, dans le claquement des mâchoires blanches qui se referment. Car telle est la terreur de chaque espèce qui rêve : disparaître dans la mâchoire de l'autre. Alors, une fois le « livre » refermé violemment sur lui-même, la mort passionnée du dieu ayant envahi la nef devenue aussitôt beaucoup plus silencieuse, toute musique étant alors suspendue, toujours les yeux baissés, on dépliait ses genoux, on se levait de la paille du prie-Dieu qui n'était plus utile à aucune prière, on quittait sa rangée et, à la queue leu leu, on allait le manger.

CHAPITRE XXII

Le conte d'Alpheios

La définition du mot fleuve fait de lui un cours d'eau qui finit dans la mer.

Or, un jour, un fleuve *sortit* de la mer pour redevenir rivière.

Même, il chercha à redevenir source.

Il est grec. Il s'appelle Alpheios. Il traverse le Péloponnèse. Il irrigue l'Élide. Puis il sinue dans l'Arcadie. Il débouche dans la mer à Létrinoi. Là, Alphée aperçoit Artémis – la déesse nue, la déesse qui déteste le sexe des hommes, la déesse plus farouche que tous les autres dieux. Elle est la déesse sauvage de tous les animaux sauvages. Aussitôt il la désire. Immédiatement la déesse s'accroupit, plonge les mains dans l'embouchure, se barbouille le visage et les seins avec de la vase. Aussi Alpheios ne reconnaît-il pas la déesse quand il passe devant elle ; il s'élance vaillamment dans la mer ; il plonge ; il nage ; il gagne le plus lointain rivage. Il aborde l'île d'Ortygie. Il poursuit sa course, il prolonge son désir, il redevient fleuve, puis rivière, puis ruisseau, puis source.

*

La quête de la résurgence imprévisible. La quête de l'amour. Réappartenir à la terre en sombrant un jour dans sa naissance. Quitter la cité, sa muraille, son être-ensemble diabolique, sa sédentarité funéraire. Comme je voudrais repénétrer dans le jardin d'Éden ! Comme je souhaiterais retrouver les deux sources de tous les êtres avant qu'elles confluent, avant qu'elles deviennent quatre comme les saisons ! Rejoindre la solitude amniotique, son infance, son outre, son unité, son ombre.

*

Seul le fleuve Alpheios, au contraire de tous les autres fleuves sur la terre, a eu la « force » de poursuivre son parcours de fleuve *au-delà* de sa dilution dans la mer où il se projetait de toutes ses forces.

Il est possible que tous les corps animaux, aviaires, sauvages, humains, aient la mémoire *entêtée* par le souvenir *impossible* de leur origine aqueuse, aquatique, océanique.

L'origine est la pulsion même, elle-même étrange fruit des marées.

Le parcours forcené des saumons, de l'eau

douce jusqu'à la mer, puis de l'océan jusqu'à la source, de barrages en chutes, jusqu'au lieu de leur frai. Où est mon origine ? Il y a un devoir de source où mourir.

CHAPITRE XXIII

Les terrasses aux bambous

Je reposais l'allumette à demi noire, à demi consumée, dans le cendrier de terre sèche.

La tête chavirait un peu.

L'odeur dense et opiacée du tabac (Rothmans bleue ou Dunhill rouge ou Chesterfield sans filtre ou Camel ou Lucky) se mêle à l'odeur âcre et enchanteresse du café qui s'écoule bruyamment dans la fin de la nuit.

La merveilleuse excitation du cerveau que le tabac invente commence sa volute vertigineuse dans la grotte céphalique de l'âme quand elle est encore à demi personnelle, ou à peine identique.

Je me verse une petite liqueur ristretto sans que j'aie la patience d'attendre que tout le café soit coulé.

Je regarde les bambous que le vent faible et gris de la fin de la nuit incline sur les terrasses du 1 rue Gerbier où nous vivions alors. J'ai noté cette page en 1993. Je prends la grosse et vieille bouteille de faïence bleu foncé, japonaise, qui vient de Kyoto. Je redescends une à une les marches de l'escalier de bois en colimaçon si bruyant, dans l'obscurité, très lentement, très silencieusement, pour ne pas réveiller M. Je gagne mon bureau qui donne sur la terrasse de l'étage du bas, devant la glycine et le petit pommier aux pommes écarlates. Je pose la bouteille près du cendrier, sur le rebord de mon petit lit de travail. J'ouvre le drap dans le noir. Je me glisse dans un petit lit blanc glacé. J'allume la lumière du chevet dans la nuit Je remonte mes genoux. Je resserre autour de mon corps nu les draps et parfois, dans l'hiver, le peignoir blanc qui est comme une aube épaisse et blanche et moutonneuse. J'ouvre mon livre et pénètre dans un monde autre. Le temps tombe en poussière.

Les pages que j'ai écrites la veille – que j'ai tapées la veille, que j'ai imprimées la veille – je m'aide, pour les tenir rigides, d'une couverture de livre cartonné arrachée à un vieux livre d'orgue utilisé par mon arrière-grand-père, dans les années 1890, en haut, dans la tribune, si profondément scellée dans la muraille de l'église, dans le buffet d'Ancenis.

Par les deux portes-fenêtres de ma petite chambre qui donnent sur la deuxième terrasse, je vois la glycine qui bouge, les belles fougères d'un vert si pur au-devant, la masse des arbres derrière. Le temps file à toute allure. Parfois je l'interromps d'une tasse de thé vert et fade. Parfois je médite. Souvent je me repose en fumant une cigarette dont la fumée non seulement s'envole, étourdit l'âme, mais s'égare et égare la nuée qu'elle fait dans sa propre minuscule bourrasque.

Je jette des coups d'œil sur les progrès du jour derrière la vitre. Sur les oiseaux qui passent. Qui viennent caqueter à tour de rôle au bas des portes-fenêtres.

La liste de l'aube contient d'abord les merles qui chantent si bien, si clairement, si nettement, et qui volent tous leurs chants à tous leurs congénères,

même au rossignol au cœur de la nuit,

même au rouge-gorge à la fin de la nuit,

ils volent et ils volent,

ils améliorent,

ils jouent,

ils ôtent la mousse,

ils becquettent la terre,

puis les moineaux,

puis les tourterelles grises et longues et blanches et leur incroyable tourtour qui est comme un ronronnement d'oiseau,

puis les grosses pies qui viennent à leur tour du cimetière du Père-Lachaise jacasser les cris et l'agressivité et la douleur.

Mais la plupart du temps c'est le silence.

Je lis dans le silence.

Et écrire, c'est continuer de lire dans le silence.

*

Écrire c'est lire ce qu'on ne voit pas dans le silence de ce qu'on n'entend plus.

*

La nuit, je rêve dans le silence.
L'aube, je rêvasse dans le silence.
Voilà ma vie dangereuse.

*

Les serpents muent en une fois,
les lézards par pans entiers,
les tortues par petits lambeaux,
les crabes mous d'Atlanta, au printemps, tandis que George Bennington les jette dans la friture, qu'il glisse entre deux tranches de pain,
moi le matin.

*

Quand l'aube est là tout entière dans la chambre où je travaille j'éteins la lumière pour peu que j'y songe.

C'est l'heure où les passereaux viennent picorer le long de la porte-fenêtre sous mes yeux, à un mètre de moi.

Puis je les vois se poser sur les branches flexibles et qui se meuvent longuement et puis de moins en moins et puis presque plus du tout sous leur poids si léger.

Parfois les merlettes brunes et les gros merlots tout noirs et tout dodus reviennent jouer en entamant tout un boucan dans les fougères.

Puis ils sautent sur la palissade de vieux bambous fendus dont j'ai entouré la terrasse pour ne voir que le ciel de la ville où je vis.

Et eux aussi s'envolent comme je fais.

*

Emily Brontë prescrivait qu'il fallait avoir fait la moitié de la « tâche du jour » à dix heures du matin. Après on n'est plus bon à grand-chose, disait-elle. On peut sortir sur la lande, cuisiner, coudre, pianoter sur le piano droit, lire dans le fauteuil, mourir dans le canapé.

Elle répétait :

— Half his day's work by ten.

CHAPITRE XXIV

Qu'est-ce qu'un lit ?

John Donne a écrit : This bed thy center is. Le lit voilà ton centre.

Un fœtus dans un corps – qu'il ignore être sa mère – tel est le premier royaume. (Dans un lieu de sa mère plus confortable que son visage. Dans un paysage moins terrifiant que son regard.)

Un écrivain et son lit couvert de couvertures, de plaids, de peignoirs, de « schaals », de pages, de chats, de fumée, d'oiseaux, de ciel.

*

Au Moyen Âge le lit se décomposait en quatre éléments : le châlit, la paillasse, le ciel, les courtines.

Châlit est devenu ce qu'on nomme le sommier.

Paillasse la literie.

Le ciel c'étaient les quatre colonnes soutenant le toit de toile. Vieille cabane sur ses perches des premiers hommes transportée à l'intérieur des chambres.

Les courtines désignaient les rideaux que l'on tirait pour se soustraire aux regards ; comme au jour ; comme au froid.

Au Moyen Âge on dormait nu.

Le sagum, la couverture d'été (la toile tissée) et la laena, la couverture d'hiver (la fourrure animale).

*

Legere est lié à lectus. Car écrire lit le lu intérieur. Le lit est le lieu de l'Urszene. Le poêle où Descartes se concentrait tous les matins, dès son enfance, quand il étudiait à La Flèche, puis en Allemagne, puis en Hollande, ne définit qu'un lit.

Même pas un édredon fait de plumes de canard si légères : un lit.

Dieu préférait dire une auge.

Ce lectus – ce poêle – n'existe plus en Suède. L'aube lui est confisquée par la reine. Le chevalier baroque philosophe ne meurt pas de froid dans la neige comme on le dit : il meurt privé de poêle et d'aube.

*

Mozart composait au lit. Il travaillait dès le réveil, dans le silence du matin, jusqu'à dix ou onze heures. Après, il se levait, sa journée était faite, il s'apprêtait, il se frisait, il se poudrait. Sa femme Constance étant encore à dormir, il lui laissait un mot : « Je souhaite que tu aies bien dormi, ma chérie. Prends garde de ne point prendre froid. Évite toute occasion de chagrin au cours de la journée. Je serai à souper auprès de toi à 9 heures. Je ne vois rien de si doux que ta joue. »

CHAPITRE XXV

Sur le caractère garamond dans lequel est composé ce livre

Claude Garamond possédait une très étroite maison sur la rive gauche de la Seine. L'entrée de la maison donnait rue des Grands-Augustins. Mais l'avancée en bois du balconnet finement sculpté et ouvragé de la maison surplombait l'eau. On a conservé une gravure. C'est plutôt un bois gravé. On y voit un saule, des aulnes, une barque noire, une berouette, des barriques. Tournait-il les yeux vers l'est, il voyait les flèches délicieuses de la Sainte-Chapelle que le roi Saint Louis avait fait bâtir dans le jardin fruitier de son palais. Il avait une brouette à deux roues à l'aide de laquelle il longeait la rivière jusqu'à sa boutique. Il était tailleur et fondeur de lettres. Il vendait les lettres de plomb qu'il avait dessinées rue Saint-Jacques, à l'enseigne des Quatre Fils Aymon. Ce fut durant le mois de novembre 1540 qu'il creusa les grandes « lettres grecques du roi ». Les romaines sont d'avril qui suit. C'est dans ce caractère romain de la Renaissance que je faisais composer mes livres pour peu qu'on me permît de choisir mon corps. Emmanuel Hocquard les assemblait patiemment à la main. Il glissait l'étrange tiroir au-dessus du feuillet blanc dans la machine d'imprimerie à bras. Durant tout le mois de novembre 1971 je pesai sur ce bras quand mon ami m'en donnait, de sa voix sourde et empâtée, que j'aimais plus que tout, dont j'aimais l'émotion plus que tout, le signal. La lettre, tel est le veilleur ultime sur la nature du langage. Elle en surveille avec méfiance, avec la plus grande méfiance possible, les pouvoirs qu'elle lui retire. Elle anéantit jusqu'au son qui le fit apparaître en sorte de seulement l'évoquer et le désadresser. On la lit sans bouger les lèvres. Le signe vide, une fois écrit, qui éteint tout dans l'absence, qui ajoute à la langue un silence qui n'appartient en rien à son essence, est le medium du soir. Le medium extrême, obscur, eschatologique, qui dit la fin de tout. Le medium vespertinal qui se fond peu à peu au silence de la nuit stellaire. Il est mort. Mon ami Emmanuel Hocquard est mort dans les congères au-dessus de Tarbes, le matin du dimanche 27 janvier 2019, dans la montagne entièrement prise de glace.

CHAPITRE XXVI

L'instrument de musique inconnu, le livre inconnu

Couperin était non seulement un grand maître de clavecin : c'était un virtuose. Mais il a avoué qu'il aurait aimé qu'un autre son vînt sous ses doigts que celui que le clavecin faisait résonner. Il aurait souhaité un autre instrument que celui dont il avait l'usage. Il ne savait préciser lequel. Il n'aurait su dire lequel.

Quand il composait il entendait un autre son que celui qui venait emplir l'espace.

Je ne sais si je puis dire que je suis à l'égard du livre codex comme François Couperin l'a été à l'égard du clavecin.

*

Sainte Colombe a ajouté une corde plus basse à la viole. Chopin, Scriabine, quant à eux, ont été intégralement les « instruments de leur instrument ». Sans piano ils n'existent pas.

Même chose pour Gould.

Mais à chaque fois qu'on me pose la question

du medium où l'écriture a pris autrefois, à la fin de l'Antiquité, son visage, je suis aussi insatisfait de cette face à deux pages symétriques, de cet étrange oiseau à deux ailes pâles, qu'incapable d'y renoncer. Je ne suis pas sûr qu'au-delà de telle ou telle forme que prend l'écrit, qu'il prit jadis, qu'il pourrait prendre, il n'y ait pas, il ne pourrait pas y avoir une autre forme possible qui serait plus extraordinaire qu'elles.

Une autre ascèse possible pourrait se révéler plus radicale encore, plus étourdissante, plus vertigineuse, plus profonde, plus inouïe, plus indomesticable, plus esseulante, plus solitaire.

Un autre silence, capable de faire taire davantage la langue parlée, sourdrait.

*

Silence de la lecture. Le silence n'appartient pas à la nature. Le silence n'appartient même pas à l'univers noir, immense, cosmique qui est une immense résonance qui implose. Le silence est cet étrange dépôt du monde linguistique. La musique entièrement écrite à partir du XVIIe siècle est le concentré de cette traîne du langage parlé qui a été mise au silence.

*

Le cœur de la musique européenne – de ce silence redoublé de la langue qui fait le cœur de cette musique – est le silence sublime de la littérature.

*

Pour poursuivre la rêverie qui fut celle de François Couperin au début du XVIIIe siècle français, j'imagine que pourrait surgir, un jour, un « piano-forte » qui ne *serait pas* les sublimes pianos à queue de Chopin et de Scriabine.

Il y a dans la littérature quelque chose qui ne se satisfait pas du medium (la langue parlée).

En écrivant cela j'imagine ce que je n'imagine pas.

In, intus, interior, intimus.

J'imagine le perdu.

Tel est le Sorite du Seul.

Prendre dans son « dans » c'est penser. Penser c'est contenir. Contenir c'est concevoir. Concevoir c'est commencer à être. Commencer à être devient naître. Naître c'est continuer à commencer. Écrire c'est continuer de commencer à commencer.

Comment imaginerais-je quelque chose qui me plairait plus que le livre codex ? Comment concevrais-je autre chose entre mes doigts que la page que je tourne dans le livre codex ? L'arrivée du codex de peau fut quelque chose de tellement étrange face au long livre volumen de papyrus que roulaient puis déroulaient puis renroulaient les anciens Égyptiens, les anciens Phéniciens, les anciens Grecs, les anciens Romains, enveloppant-développant l'ombre et même l'inavouable avec le menton et la paume.

CHAPITRE XXVII

Le jeu le plus doux

Cicéron écrit dans *Tusculanes,* V, 36 : Quid est enim dulcius otio litterato ?

Qu'y a-t-il de plus doux qu'un loisir dédié uniquement aux lettres ?

Ce que les lettrés de la secte zen appellent *ma* au Japon, c'est ce que les Latins du temps de la République appelèrent *otium.* L'otium à Rome c'est la *scholè* à Alexandrie. Ce fut le *studium* au Moyen Âge sous les Carolingiens, passionnés de restaurer l'empire. Ce furent les *humanités* à la Renaissance quand les lettrés se passionnèrent à l'idée de faire renaître le monde plus ancien, le monde d'avant Dieu, d'avant l'étable, d'avant la fuite en Égypte. Tous ces mots sont des désirs qui cherchent une existence plus longue que la durée du temps. Tous ces hommes qui s'adonnent à l'étude souhaitent une vie plus nombreuse et plus aventureuse et plus incertaine que le destin individuel, ou astrologique, ou familial. Ils espèrent un horizon plus large que celui qui les cerne. Ils rêvent d'un ciel dont le cercle se rompt, d'un océan où la ligne qui s'invente au terme de la vision s'absorbe dans les nuages, d'une mort dont l'interruption se franchit, plutôt que d'un horizon qui les borne. Ils escomptent un possible qui est presque irréel. Déjà, à Uruk-les-Clos, le Sur-vivant, le Sur-sage, Atrahasis en premier, puis le roi Gilgamesh, puis les taoïstes de la Chine avant Bouddha, avant Confucius, avant Jésus, recherchent la vie longue. Métamorphoses à proprement parler souveraines – « aristocratiques » pour prendre un mot grec, « classiques » pour prendre un mot latin, « élitistes » pour prendre un mot français plus récent. Ceux qui s'adonnent à cette activité si totalement désintéressée à l'activité immédiate distancent à jamais les autres classes sociales par une application de plus en plus dense, volontaire, ardue, fervente, astreignante, approfondissante, interminable. Luxe pur. Cela dit ils ne doivent ce mérite qu'à leur propre mérite. La complexité subjective, la richesse linguistique, les désirs fantasmatiques, la vie profonde, sont partout vécus, à Rome comme en Chine, comme au Japon, comme en Inde, comme en Islande, comme un vieillissement possible qui renoue avec la jouvence, avec l'extrême enfance, comme une voie qui replonge le corps assis, immobile, studieux, contemplatif, dans la non-motricité d'avant la naissance. Les Grecs ne disaient pas lettrés mais *hommes aux fesses blanches*. Ils naissent sans fin. Ils multiplient leur vie « à l'aide d'autres vies innombrables ».

*

Le lecteur est sans époque, sans âge, sans temps. Lire n'est pas rêver mais lire est *comme rêver* en ceci qu'il perd le temps. Toute vraie œuvre ignore le temps dans le temps. Comme le rêve elle ignore la dissidence de la temporalité : elle est sans passé et elle est sans avenir. Tout ce qui est passionnant se caractérise par l'absence d'avenir, par la distraction complète à l'endroit du temps.

Sauter l'heure du repas, oublier le rendez-vous, ne plus savoir si c'est le jour ou la nuit, sont des événements plus importants qu'avoir un avenir.

Là encore le rêveur, l'enfant, le joueur, le musicien, l'amateur de fantasmes, de perversions, de fétiches, le mystique, le lecteur, l'érudit, le savant, tous sont des affranchis du temps.

Parties nocturnes, messes basses, joies secrètes, lectures silencieuses.

Le lieu pour jouer, dans les anciennes images, au début de l'ère, est situé dans la nuit de la Passion, au pied de la croix, là où Dieu meurt.

Ils lancent leurs dés dans leurs sabots de cuir.

Ils regardent les cartons colorés de leurs cartes dans l'ombre de leur main refermée.

Ils reçoivent sur les doigts et le dos de la main les astragales.

Tout joueur joue dans l'ombre de la croix qui s'ajoute à la nuit de l'orage qui s'ajoute à la nuit qui tombe sur le Golgotha.

Tout joueur joue la robe du Christ aux gardiens de sa mort.

*

Ce qui me retenait dans le classicisme français, c'est qu'il présentait une esthétique qui ne reconnaissait aucun autre but à la création littéraire que la lecture.

Dans le classicisme ce n'est pas à Dieu que s'adresse le livre, c'est au lecteur.

Le lecteur comme vertige.

Le lecteur est le *vertige* propre à la littérature classique. (Dans la littérature romantique, le livre, c'est l'auteur.)

*

Bernardin de Sienne ne condamnait pas le jeu pour les péchés, les vols, les chapardages, les dilapidations, les mensonges – auxquels il entraînait en effet la plupart du temps ceux qui s'adonnaient à l'entreprise nocturne, à l'aventure furtive – mais simplement parce qu'il jetait les joueurs dans un « état second qui ne me semble pas humain ».

Le jeu, dans la règle fictive que la « règle du jeu » instaure, de nature complètement endogène, limitée dans le temps arbitraire qu'il mesure, dérègle les lois externes et collectives, les habitudes familiales, les heures prandiales, même les durées naturelles, même les concupiscences érotiques.

C'est le temps qui fait oublier le temps.

Par rapport aux liens sociaux, à leurs règles et à leurs entraves, face à la prison familiale, au rythme régulier des tâches du jour, du retour du repos de la nuit, chaque jeu est une délinquance.

Abandon des dieux.

Délaissement des autres.

Derelictio absolue et heureuse, au pied de la croix. Dans l'orage, même le grondement de l'orage est oublié. Sur le mont Calvaire, même le dieu mort, qui suffoque et expire au-dessus des cartes et des dés, est oublié.

Le temps du jeu est le temps majeur, qui efface tous les autres temps.

Curieusement le modèle pour toute temporalité consiste en un fragment chronique plus excité que les autres au sein des heures. Une rive plus orageuse que tous les autres sites. Ce morceau délimité de temps excité est nettement séparé de la durée continue plus instable.

C'est le temps enchanté.

*

Tout amateur d'art authentique *tombe dans la scène.*

Les « yeux » du lecteur n'observent pas l'objet qu'il tient entre ses mains ; le livre est oublié ; ses yeux sont fascinés par autre chose ; ils sont déjà avalés par le corps autre qui les mobilise tout entiers. La lecture alors est un carmen, un charme, un chant de sirène, un odos chamanique, un tao nébuleux. Il ne faut sans doute pas dire du lecteur qu'il ne voit plus « passer le temps » : il plonge dans le jadis où la diachronie se dissout. C'est le plongeur de Paestum, admirable peinture exécutée au dos d'un sarcophage, peinte pour le regard de personne, peinte pour les yeux morts du mort, admirable peinture comme peinte à l'instant, si liquide, si fraîche qu'on peut aller admirer, dans le plus complet des silences, sinon le bruissement de l'air conditionné, dans le sous-sol du temple grec si beau qui fait face à Capri, qui se tend vers l'île au sanglier si massif, tombant à pic dans la mer, juste avant que l'eau de la mer l'engloutisse et le mêle aux sirènes qui se sont jetées à leur tour dans la mer.

Psychè lit le contenu du livre de la même façon que les amants s'absorbent dans l'étreinte sexuelle.

*

Catherine Millet décrit le bien-être qu'on connaît « quand on perd son corps dans le plaisir ». Dans l'évanouissement. Dans l'éboulement mystérieux de tout le corps au terme de la transe. Dans l'hémorragie. Heureusement que l'on écrit sans se représenter les destinataires. Heureusement qu'on les élimine au fur et à mesure que des noms viennent dans l'âme, ou que des visages surgissent inopinément comme ils peuvent le faire au cours des rêves.

L'anéantissement de l'identité lors de la

pratique sexuelle est extrêmement proche de la perte de la conscience personnelle lors de la lecture.

*

L'identité de celui qui pénètre dans les livres est tout à coup remaniée, puis abolie. Comme dans Ovide : métamorphosée puis engloutie dans la nature végétale qui précédait l'animalité.

Benjamin a écrit dans son livre sur Kafka : Tout oublié se confond avec l'oublié du monde primitif.

La lecture, dans son angle de mur, s'abrite contre une « tempête qui souffle depuis l'oubli ».

CHAPITRE XXVIII

Rareté, renchérissement et disparition des lettrés

On peine à manger un ormeau du Pacifique. On le commande en vain. Sur les côtes de Californie il est devenu introuvable. Au siècle dernier le prix de l'ormeau du Pacifique s'éleva progressivement, continûment, au fur et à mesure qu'il se faisait rare. Plus il fut difficile aux pêcheurs de le trouver dans la mer, plus sa cherté augmenta dans les halles aux poissons, plus l'attrait qu'il exerçait grandit chez les amateurs les plus riches, plus le nombre des barques des plus pauvres s'éleva, plus la pêche illégale s'étendit, plus le désir épuisa la ressource, plus la rapidité de ce déclin s'accéléra.

Enfin il disparut.

Ormeau parce qu'on disait à Rome *Auris maris.* Oreille de la mer.

L'alerte même, le frisson de la disparition, était un argument de vente.

Lorsqu'une population d'êtres vivants franchit un seuil critique, la diminution qui les menace les entraîne dans une sorte de hâte qui vient en dépêcher l'anéantissement. Loin qu'une sauvegarde surgisse, loin qu'une réserve les épargne, loin que les derniers individus parviennent à se prémunir contre leur réduction, leur propre mort les emporte. Donner c'est perdre. Perdre – per-dare – c'est donner totalement. La pénurie crée la valeur qui engendre leur fin. C'est alors une précipitation. C'est comme une bourrasque caractéristique de ce qui était devenu le plus précieux.

CHAPITRE XXIX

Vertumnum Janumque liber...

Mon livre vous soupirez pour Vertumne et Janus. Vous rêvez de paraître magnifiquement vêtu de la main des Sosies. Vous arrachez ce linge soudain, cette sorte de chiffe que vous aviez choisie pour vous y dérouter. Vous cherchez la lumière. À quoi pensais-je ? Des mains vous ont déjà souillé. Dans la joie elles vous lâchent. Vous tombez. Vous allez dans un coin nourrir la mite silencieuse. Vous êtes ballotté d'Utique en Lerida. Un genou vous pousse. Un sexe se développe et gonfle. Je crie. Parfois un homme tombe au milieu de sa vie et il hèle. Mais parfois c'est un chaud rayon de soleil qui tombe de la fente du volet de bois de la fenêtre de la chambre où il vit et qui dénoue le cœur. C'est un liquide d'or qui s'écoule sans cesser de la fenêtre ; ce flot de lumière surabonde extraordinairement ; il s'épanche merveilleusement sur le visage de l'homme qui lit ; il s'est penché sur la droite, vers la fenêtre ouverte d'où provient la lumière, vers la fenêtre dont la lumière seule agrandit l'apparence comme l'aube se déverse sans compter, de plus en plus, sur les deux pages blanches qu'il tient entrouvertes sur ses genoux, une sorte de neige. Clarté que chaque jour renouvelle. Deux mains de clarté qui s'assemblent autour du pli qu'elles creusent sous l'œil d'un lecteur éternellement comblé. Le jadis est peut-être simplement ce noyau atomique qui s'autodétruit au cœur de la production solaire de la lumière. Ce sont deux pôles qui soudain s'électrocutent. Ce sont les deux yeux si sombres, tout noirs, fascinés, qui sont posés sur l'assiette que tient Santa Lucia. La gorge serrée d'excitation, les osselets de son genou droit repoussant l'étoffe de sa robe, la sainte avance dans la lumière qu'elle ne voit plus. Il n'y a plus que ses deux yeux qui la devancent. La main, toute blanche, qui les offre, y est elle-même perdue. Il n'y a plus qu'une toile de Zurbarán et ces deux yeux posés sur une assiette pâle. C'est ainsi qu'il n'y a plus que deux pages, deux pages qui se retournent sur elles-mêmes – toujours deux pages blanches qui s'avancent. Jamais plus que deux pages qui devancent et flamboient. À mes yeux, désormais, tout ce qui meut l'émotion du monde arrive deux pages blanches par deux pages blanches. On avait beau tourner une par une les pages, toujours deux pages surgissaient. Deux yeux gris comme la mer sur deux pages blanches comme l'écume. Cette vie, c'était lire. Car tel était le nom qu'on employait pour dire cette vie. Et livre, voilà ce qu'on lisait. Une seule lettre distinguait l'expérience et l'instrument de l'expérience. Tout se résumait à cette lettre venue du temps et tenue dans la main et adressée au vide. Cette page a été écrite alors qu'un caillot de sang remontait à la bouche comme une espèce de titre à la revie possible. Comme une espèce de titre rouge sur la page. Comme un hoquet de lait aux lèvres d'un nourrisson juste après qu'il a tété le sein gonflé et durci de sa mère. Comme mourir est doux ! J'ai hoqueté, j'ai hoqueté, car c'est ainsi que vont les sanglots : par répliques. Les hoquets sont la réplication devenue vivante d'un minuscule volcan maritime devenu chair. Répliques comme les tremblements de la terre. Répliques comme les trois vagues des grandes marées qui bouleversent les baies. Répliques comme les éruptions subites au sommet des volcans. Par hoquets de larmes, de laves, de fumées et de souffles. J'ai laissé passer, des heures durant, le sang si épais et si chaud entre mes lèvres en les laissant entrouvertes. Substance épaisse et liquoreuse et dense qui recouvrait mon torse et imprégnait les draps, le pyjama bleu de l'hôpital, l'oreiller aussi blanc que la nacre des coquilles de la mer. J'oubliais la douleur comme Lollius l'oubliait en mourant. Il n'y a pas de douleur de l'hémoptysie. Kafka mourut heureux comme Lollius un jour tomba dans le bonheur de sa mort. Les cris de joie aussi sont des vestiges des petits hoquets de la détresse sans secours des petits enfants qui découvrent l'air terrible et la stupéfiante combustion du soleil. Les crises de silence sont aussi des régurgitations de ce qui précédait la langue avant qu'elle fût acquise dans une bouche où les dents poussaient déjà, perçaient déjà, saignaient déjà. L'air s'interrompt dans le hoquet ; la voix s'interrompt dans le livre ; le rayon de soleil tombe dans le jour ; le livre tombe dans le temps ; les seins tombent ; les sexes tombent ; les corps tombent ; Lollius tombe ; Lépide tombe ; la nuit tombe ; tout tombe.

CHAPITRE XXX

Les romantiques

On peut appeler romantiques les livres où les écrivains sont antérieurs à l'œuvre qu'ils publient. Le contenu de ce qu'ils écrivent vise le monde social dans lequel la parution va héroïser leur destin. Les écrivains sont alors les narcisses, les génies, les académiciens, les croyants, les poètes, les pairs de France, etc.

Je n'étais pas romantique.

J'aimais les livres où ceux qui les écrivent n'émergent jamais de leur lecture. D'Ovide à Plutarque. De Plutarque à Pétrarque. De Pétrarque à Montaigne, à Rousseau, Littré, Mallarmé, Kawabata, Tanizaki.

Une vie totalement dévouée à la lecture des livres entraîne des conséquences redoutables.

Des exils. Des silences. Des retraits. Des démissions. Des divorces. Des suicides. Des esseulements sans cesse renouvelés. Non seulement les jours mais toutes les nuits, tous les rêves, même la sexualité de celui qui écrit, sa mort même, sont impliqués.

*

L'identité de celui qui pénètre dans les livres est transformée pour toujours.

Isée imita Lysias, Isocrate prétendit imiter Isée qui avait imité Lysias mais personne ne parvient à imiter personne.

Quand Hérodote voulut imiter Homère il n'imita pas Homère. Quand Xénophon voulut imiter Hérodote il n'imita pas Hérodote ni Homère. Quand Plutarque voulut imiter Xénophon il n'imita pas Xénophon ni Hérodote ni Homère. Quand Montaigne voulut imiter Plutarque il n'imita pas Plutarque ni Xénophon ni Hérodote ni Homère. Valéry ne parvint pas à imiter Goethe ni Caillois ne devint Valéry qui désirait être Goethe.

*

L'esthétique de la seconde rhétorique, qui apparut dans le monde antique quand la Grèce tomba sous le joug de Rome, est dite « atticiste ». Voilà sa formule : « La beauté est sauvage. » L'émotion est allergique aux normes comme à ce qui les défie (cette sauvagerie est allergique à la tradition comme à l'originalité). C'est l'origine qui est recherchée. Ni le sujet (le héros), ni le sens (l'Histoire). C'est ainsi qu'hériter n'est en aucun cas posséder. Goethe a écrit dans *Faust*, 682 : « Ce que tu as hérité de tes pères, acquiersle en sorte de le posséder. » Les humains ne sont pas des yeux, ils sont des re-gards. Goethe est le dernier atticiste, il se tient à la frontière du romantisme. L'originalité est née avec le romantisme. Il se garde d'y entrer. Goethe reste grec. Comme Hölderlin désira rester grec. Comme Nietzsche désira rester grec. Comme Heidegger désira rester grec. La doctrine mimétique qui date de la transmission des comportements acquis chez les prédateurs a duré jusqu'à la Grèce puis de la Grèce jusqu'aux Renaissants, jusqu'aux classiques. La doctrine de l'école atticiste de l'ancienne Rome était impérative : toute œuvre doit hériter de ce qui la précède comme le flot du fleuve de la source. Toute œuvre doit puiser à la force qui est à son origine, renouveler son élan (sa rhusis), renouer à sa contagion prévivante (sa physis), prendre forme de visage à partir de la beauté de tous les visages aimés. Rome devait imiter, dans les ruines des guerres de pacification, la Grèce comme Énée portait sur ses épaules, dans Troie incendiée, le roi Anchise affolé par les flammes qui crépitaient autour de son corps. Les anciens Romains insistaient sur l'antériorité et la supériorité de la pratique silencieuse (exercitatio tacita) qui remonte au guet de la chasse humaine elle-même imitée de la prédation animale. Quintilien sous-entend toujours qu'entre la culture et la nature il n'y a pas d'opposition tranchée. Un vieux savoir-faire plus ancien que l'humanité sert d'arc-en-ciel entre les espèces de la même façon qu'il préside aux beautés de la nature que l'étoile solaire a inventées sur la planète Terre. Selon la Rome ancienne une fois remaniée par l'héritage de la Grèce vaincue, il y a un vieux « métier » prélinguistique, qui est la nature même. C'est la hormè des stoïciens d'Athènes devenue la creatio des chrétiens de Rome au fond du ciel. C'est avec les stoïciens romains, avant les chrétiens, quoi que l'on ait écrit, que la nature est devenue « œuvre de Dieu ». C'est Panétius qui défendit le premier cette idée. Un reste de genius, un reste d'ingéniosité, que rien ne peut entraver, quelque importuns que nous soyons devenus dans le règne de la nature, nous vient pour ainsi dire en direct des animaux par l'entremise de la chasse que nous leur avons volée. Ingenium en ce sens appartient à la physis elle-même. Le maître n'est pas forcément divin mais, en tout cas, il n'est pas humain, ni subjectif, ni historique. Le génie n'est jamais un homme. Il faut prendre la place de ce qui a régné dans l'âme. Aristote a écrit dans *Poétique*, 1460 a : Homère, parce qu'il est le prince de l'imitation, est le roi du passé. Car ce qu'imite toute imitation a pour objet non seulement le passé de la forme mais encore le *passé de la joie référente* car chacun est le fils de la volupté passée de ceux qui se sont employés à le faire.

*

L'imitation est active, activante, elle est conçue comme un bond, un élan, un bondissement qui prend de court le temps lui-même ou qui cherche à le prendre de vitesse, une orexis ; une force de fauve, une alkè ; un saut vital qui fait face, un plongeon qui tend les bras en direction des abysses quel que soit le péril car son but n'est ni le péril ni la mort mais *remonter du plus profond.*

Dionysos plonge dans le gouffre sans fond du lac de Lerne pour rejoindre l'ombre de sa mère aux Enfers.

De profundis. Des profondeurs je crie. Oui, je crie. Mais des profondeurs de quel abîme ? Quel est cet abîme ? Celui d'où je viens ? S'agit-il de l'abîme du ciel ? De l'abîme du Sans-fond du ciel ?

L'art touche le fond du sans-fond. Un coup de pied de renaissance au fond de l'a-bîme, au fond du lac de Lerne, au fond de la mer Tyrrhénienne, au fond de l'océan mimétique, morphologique, de la vie. Un mouvement réflexe pour remonter avec toute l'énergie possible à fleur d'air et à ras de lumière, dans le ruissellement des apparences, dans l'extrême émergence naturelle du beau comme « plus vivant », dans la suffocation lyrique du beau comme « origine ».

C'est Aphrodite ruisselante, encore à demi dans sa vague, couverte de l'écume (aphros) qui fait son nom.

Aphrodite, tel est le vrai et sublime visage de Dionysos.

Et derrière Aphrodite, qui est dans la mer, Artémis, qui est dans la source.

*

Chaque grande époque est un recommencement absolu du temps propre au système incendié de l'étoile.

Aiôn est ce temps du monde sans cesse revisité par le soleil qui l'a engendré.

Denys d'Halicarnasse a écrit : « Rapportez toujours la flamme au feu et non pas à la fumée. »

Chaque grande époque fait songer à un paysage originel. À une aube solaire. À un printemps entièrement nouveau sur le Tibre, sur la Toscane, sur l'Euphrate, sur la Seine, dans la baie de Tokyo. Sur les îles fumantes de l'Islande. Sur les barques si nombreuses et si minuscules qui traversent le Bosphore. Sur la rive du fleuve Jaune. Au bord des lacs des Alpes où Rousseau erre. À Éphèse, dans le temple d'Artémis chasseresse, auprès du premier livre. Chaque grande œuvre d'art semble couler de source.

Couler de la source.

Un torrent dans la montagne surgissant des feuillages.

Une lumière soudaine surgit dans Matisse.

Une obscurité immense envahit tout à coup toutes les figures quand Caravage peint.

Si chaque œuvre d'art est d'origine, comme l'énonce la seconde rhétorique, parfois il faut attendre des siècles l'origine.

Je déteste les styles parfaits et monotones ou puristes. Il faut sentir dans le style même, comme sous le pouce, le battement de l'artère de la victime qu'on va égorger, la violence de la sève qui monte, qui dresse, qui incurve, qui enfle le sexe féminin comme une vague, qui anime soudain le sexe masculin d'une vie autonome, végétale, impersonnelle, impulsive, imprévisible.

CHAPITRE XXXI

L'odeur du jadis

Freud et Ferenczi, chaque été, se retrouvaient, allaient aux champignons. Marchant, avançant à la queue leu leu en silence, poussant les feuilles mortes ou décomposées avec le bout ferré de leur canne, remplissant leurs paniers d'osier, c'était leur joie.

Il fallut la Première Guerre mondiale pour suspendre leurs retrouvailles rituelles de l'été. Empêcher leur errance. Entraver la métamorphose théorique jusqu'à l'amenuiser. La pensée s'ensabla. Une sorte d'amour se défit.

*

Quand on va aux champignons l'âme est à ras de terre : plus rien ne se contemple. On pénètre sous le couvert obscur après la pluie de la veille ou de l'avant-veille qui promet ses miracles. On avance à l'odeur, penché en avant, les yeux dans les racines nues, les yeux entre les feuilles noircies, juste au-dessus des mousses. Les yeux en association libre dans le sol. On respire l'ombre perpétuelle, forestière, détrempée, humaine, hominienne, odeur d'humus, odeur d'homo, odeur de cèpe succulent sous les feuilles encore détrempées qui s'égouttent des arbres, odeur des girolles jaune pâle à la fin de l'été, dans les orages d'août, dans la boue qui se racornit déjà, les jambes lourdes, sous les branchettes accumulées, les minuscules taillis, les fougères déjà rouges.

Tout à coup c'est l'odeur de jadis qui erre sur le corps dans l'angoisse, c'est elle qui attire dans le sous-bois, c'est elle qui anime le vieux couvert sombre.

C'est le vieux contenant qui enveloppe la chair.

*

En 1997, en Sibérie, un mammouth laineux âgé de 20 000 ans fut mis au jour dans les Dolganes. Sur la presqu'île de Taïmyr. L'état de conservation, due au froid, était incroyable. Quelle épouvantable odeur quand on ouvrit le ventre ! C'est ainsi qu'on put étudier, à l'intérieur de l'estomac, la digestion que la mort avait suspendue durant vingt millénaires.

Il fut possible au découvreur de déceler quelques touffes de poils roux.

Le savant écrit dans son compte rendu qu'il a aussitôt reconnu une odeur « proche de celle des fauves ».

Telle est l'expression que le découvreur, qui s'appelait Jarkov, employa.

Une odeur qui n'était pas celle des fauves mais qui était près, *prae*, proche de l'odeur des fauves actuels.

*

Le plus personnel, dans le corps personnel, est une trace qui n'est pas personnelle.

Ni actuelle.

Ni contemporaine.

Non pas sauvage : voisine du sauvage.

Tite-Live a écrit que la vérité est la trace d'un autre. Vestigium alieno viri. L'homme n'est que la trace d'un autre homme. Le « soi-même » est le vestige d'un soi plus ancien que soi.

Il y a un ancien qui n'est pas autrefois, mais jadis.

Durée qui *avoisine* le temps mais qui persiste dans la *trace d'étreinte* (qui n'est rien d'autre que le corps de chacun. Trace d'étreinte perdue. Planète autour de l'étoile lointaine).

Trace de jadis dans l'actuel. Nous ne sommes pas venus de nous en nous-mêmes. Seul le temps arrive continûment à partir de lui-même.

Même les traits de notre visage, même le nom que nous portons ne peuvent être dits nôtres.

Nous nous pressons seulement dans le « près » des corps autres toujours plus anciens que les âmes qui s'y sont construites il y a quelques années à peine.

*

Telle est la présence : la praesence de ce qui fut. Ce « près » qui dure, qui fourmille dans nos doigts, qui tend nos lèvres.

L'arrière-faix du fait. Étrange adossement où l'âme se répercute seulement.

Nous avons vécu autrefois dans une poche qui était nous-mêmes, qui s'est ouverte, qui s'est crevée, qui s'est perdue, qui est disparue.

Nous sommes enveloppés d'une peau à la fois étanche et poreuse qui ne cesse de frémir. Les dix orifices sont hallucinés.

*

Avant l'étreinte sexuelle, nous sommes encore ce « près » qui se cherche, cette bouche qui s'avance, ces mains qui voudraient agripper, qui se resserrent spontanément comme le font les menottes des enfants dans le sein même de leur mère. Aimer c'est s'agripper. Écrire c'est s'agripper. Car tout corps autre dans l'espace est une relique de l'ancien corps hôte – qui ne se sait pas encore maternel, qui n'anticipait aucune naissance. Nous glissons un pouce dans notre bouche et tétons – tétons, mordons, tenons, pressons. Nous glissons les doigts dans les doigts et serrons, resserrons, cramponnons. Nous étreignons ces petits bouts de griffes et de phalanges le plus fort qu'il est possible aux muscles des doigts. Nous nous endormons en les contractant encore. Nous sommes des empreintes des morts qui tendent à faire chair, à incarner un regret, à faire un comme par le passé, à faire revenir l'ancien et à nous accroître de lui, à se faire chair dans l'ombre avant d'espérer sortir de l'ombre.

Tout visage, toute ruine, toute trace, tout corps apporte d'abord la preuve que du passé en passant est passé.

Tout signe témoigne que quelque chose qui le précède le déposa d'abord comme un signal.

Toute macule sur le lit rappelle qu'un sexe a jailli et qu'un corps à voix rauque a abandonné le lieu à la plus vieille des forêts.

*

Les chasseurs ne vont pas à la chasse des traces : ils se sont mis en quête de cette bête fauve, plus ancienne qu'eux et plus ancienne qu'elles, qu'ils ne voient pas, qui les a imprégnés, qu'ils pourchassent, qu'ils ont admirée, qu'ils désirent encore au point qu'ils voient sans qu'ils voient. Ils rêvent ces bêtes qu'ils poursuivent sans les percevoir, qu'ils imaginent dans les ordures qu'elles ont abandonnées, dans les branches qu'elles ont cassées, dans leurs poils arrachés, dans les mousses confuses.

L'absence est déjà dans ces lettres qu'ils examinent.

Déjà ils lisent.

Reliquiae, dans la vieille Rome, disaient encore les excréments, trésors de la chasse préhumaine.

Le mot memoria dans les églises, durant le Moyen Âge européen, désignait la crypte où on déposait les reliques des martyrs ; le reliquaire où on rangeait les os, les peaux, les prépuces, les chevelures, les dents. La relictio de la de-relictio c'est-à-dire le passé de la Passion – au sens le plus érotique et le plus génital qui puisse être – est la source du corps à l'intérieur de la naissance.

*

Laisser un fantôme dans ce monde c'est mourir.

Laisser une trace, c'est être passé et avoir disparu.

Laisser une lettre, c'est être parti au loin.

Le vestige insère le temps dans le site. La main s'enserre en sorte de réclamer le retour du corps aimé, ou du moins d'en retenir la présence, la chair, l'odeur, l'imprégnation de l'odeur, la durée, l'implosion sublime de la durée distendant le temps. Les voies et les traînées incrustent dans le lieu autant de « distensions » où loger la « tension » du temps. Autant d'orifices, de sources, de gouffres, de cavernes, de replis, de cocons, de coins, de recoins, de requoys. Elles froissent, déplacent, déchirent l'immédiateté du milieu vers un Avent où Alter est passé. L'indice projette soudain vers l'amont du corps une poche de viviparité imaginaire, une niche vestigiale, un nid pour l'oiseau, un repaire pour l'ourse, un abri pour le félin, une poche où le fœtus s'incurve et se recèle.

Une outre de drap, de couvertures et d'ombre que toute femme et que tout homme renouvellent chaque jour avant le sommeil.

Une grotte où l'homme a séjourné et qu'il ne reconnaît nulle part dans l'espace car elle n'était pas dans l'espace.

CHAPITRE XXXII

Pétrarque écrit à Cicéron

Au début du mois de juin 1345, à Vérone, un jeune moine apporta à Pétrarque des lettres de Cicéron que l'ensemble des lettrés, au cours du Moyen Âge, dans tous les monastères où ils s'étaient réfugiés, avaient crues disparues à jamais.

Il déroula avec prudence, avec précaution, sur le tapis de table, le vieux rouleau.

Il lut.

Et il vit que c'était vrai : personne n'avait eu connaissance jusque-là de ce vieux volumen en parchemin qu'il déroulait avec délicatesse, l'aplatissant doucement, avec ses deux mains toutes propres et toutes sèches, sous ses yeux émerveillés. Et il lut avec enchantement – ou plutôt il *lit* car la lecture, dès qu'elle se fait passionnée, dès qu'elle s'enfièvre, dès qu'elle devient illuminante, ignore le temps. L'excitation de Pétrarque est aussitôt à son comble. Le 16 juin, il prend sa plume. Il veut lui écrire. Il se met à écrire directement en latin. Il veut remercier Cicéron d'avoir rédigé ces pages qu'il vient de découvrir. *Franciscus Ciceroni suo salutem...* François salue son cher Cicéron... Il évoque l'arrivée de ses lettres jusqu'à lui après un périple de mille quatre cents années. Il lui expose le cours du monde depuis qu'il l'a quitté. Il croit à la présence de celui à qui il s'adresse au-delà de la mort. Il reproche à Cicéron ses erreurs politiques, ses engagements discutables, ses lâchetés ahurissantes. Il évoque tout ce qui l'embarrasse, ce qu'il ne comprend pas, ce qu'il admire, ce qu'il aime.

Il loue sa mort incroyablement silencieuse et héroïque sur le bord de la mer à Gaète.

Sa langue non pas coupée mais immobilisée par un fil.

La fin de la lettre adressée par François Pétrarque à Marcus Tullius Cicero est extraordinaire : *Apud superos ad dexteram Athesis ripam in civitate Verona Transpadane Italie, XVI kalendas quintiles anno ab ortu Dei illius quem tu non noveras, MCCCXLV.* (Du monde des vivants, sur la rive droite de l'Adige, dans la cité de Vérone, en Italie transpadane, le 16 juin 1345 à dater de la naissance d'un Dieu que tu ne connus point.)

*

Écrire délocalise comme parler anachronise. Dire je (s'adresser à tu) est une perpétuelle extension de l'autre en soi. Pétrarque s'adresse vraiment à Cicéron tout en soulignant qu'une autre ère a eu lieu, qu'un autre Dieu a pris sous sa garde, ou sous sa malveillance, les hommes. Le dialogue donne les deux personnes à la bouche qui parle. Écrire offre les deux temps à celui qui lit. Aussitôt le temps de perdre alterne avec le temps d'arriver. La perte à l'état pur renvoie toujours au perdre originaire du monde de la mère lorsque nous naissons. L'enfant arrive sur la rive de lumière – *in luminis oras* –, c'est l'extinction de la satiété immédiate utérine, et c'est l'intrusion inimaginable de l'air qui s'engouffre dans le corps et qui y invente la psychè comme une sorte de marée vivante. Mais c'est aussitôt la menace de la mort, de la faim, du froid. C'est l'affolement de la détresse originaire.

*

Les mots français, au début du Moyen Âge, sortent du latin comme l'angoisse, au terme de la première année de l'enfance, sort de l'effroi originaire.

Tous les mots latins m'ont toujours paru être les mots magiques du français.

En allemand *L'Enfant et les Sortilèges* que Colette et Ravel avaient composé à Paris, autrefois, à Vienne, sur l'affiche, devint *Das Zauberwort.*

Le Mot magique.

Du temps où j'étais enfant de chœur, dans le port en ruine du Havre de Grâce, la messe était toujours volontairement incompréhensible et officiée sous sa forme latine.

En sanskrit c'est *Brahmodya*, mot à mot énoncé-du-brahman, qui a le sens de devinette rituelle.

L'Énigme.

Le brahman est le porteur silencieux de la formule. L'énigme (*brahman*) porte sa *littera* comme le chasseur paléolithique, sur les flancs des montagnes désertées par les glaciers, son bâton propulseur, son lituus. À la fois rétention de la parole concise, flash cérébral, mot invigorant. Louis Renou a écrit : Le *brahman* désigne cette énergie qui utilise la parole mais pour laisser entendre, par voie d'énigme, l'inexprimable. C'est cela, exactement, écrire. Il faut traduire partout, dans les textes védiques, le mot sanskrit *brahman* par le « secret du sacrifice ». Ce secret est le « significe » en personne. *Brah* aurait signifié à l'origine « parler en langues » ou, plus précisément encore, « parler en cris d'animaux ».

« Parler par charades » remonterait au crier chamanique et restituerait au tourniquet mi-devinette mi-énigme d'authentiques pictogrammes oniriques.

C'est la Sphinge qui ouvre sa gueule et lance ses rébus.

Fascination originaire de l'écarquillement de la mâchoire de Gorgô entre ses deux défenses entourant son « massacre ».

Gueule d'Enfer qui ouvre ses Portes d'ivoire.

Regard de l'hypnotiseur reprojeté de surface en surface, de lame en lame, de bouclier en bouclier, de bouchon de verre en bouchon de verre, de miroir en miroir, d'ivoire en ivoire.

Le signe, c'est toujours le dieu mourant. Voici l'histoire de la signification : l'homme mourant qui se renverse. C'est le bison mourant qui tourne la tête en arrière. C'est le taureau déchiré qui penche la tête vers la droite. C'est l'homme crucifié qui penche la tête vers sa mère.

Énigme antérieure plutôt qu'originaire.

Asémantique, toujours initiale, toujours sanglante, jaillissante, éclaboussante sur la page blanche.

Le mot arena – qui a donné le mot français arène – signifiait en latin le sable blanc qu'on répandait et qu'on ratissait dans le cirque avant chaque jeu, pour y voir rejaillir avec plus de netteté le sang de tous ceux qui se tuaient ou qu'on tuait, de toutes les femmes, les hommes, les enfants, les bêtes qu'on y mettait à mort en s'égosillant dans la joie collective.

Sempiternelle énigme qui revient dans l'éclatement des lettres des langues une fois écrites. Cette régression est énigmatique. Cette « régression énigmatique » définit la lecture.

*

Pourquoi suis-je comme Pétrarque était ? Pourquoi m'a-t-il fallu citer irrésistiblement et importunément toute ma vie des bouts de latin partout dans les textes que je composais comme le céréalier le fait des graines de blé dans ses champs ? L'intertextuel européen, romain sous l'Empire, puis chrétien à l'âge médiéval, puis savant sous les Lumières, fut latin. Cet intertexte qui avait duré plus de deux millénaires continuait de pousser ses branches et ses valeurs. La ville où j'ai appris à marcher, à lire, était la ruine affreuse d'un arsenal de guerre d'abord noyé puis entièrement rasé. Le Moyen Âge fut mon enfance. Comme mon prénom relayait la Passion d'un Dieu mort je débutais mon enfance en servant la messe dans l'étroite chapelle d'un lycée de garçons qui ne tenait pas debout et qui datait de la Renaissance. Je la terminais adolescent comme organiste, tirant tous les jeux possibles du haut de sa tribune, sur les bords de la Loire, dans la pénombre humide, poussiéreuse et pour ainsi dire dorée de l'église d'Ancenis.

En raison de la comparution incessante de l'Ancien Testament et du Nouveau Testament, faite à partir du latin, à la suite de l'ancienne curie de l'empire des Romains, la *référence* européenne de tout contenu de pensée s'est clivée sur le fond de cette langue elle-même morte.

Sans cesse le lecteur, pendant plus de deux millénaires, se reporta au latin comme à son tiers propre. Son fauve personnel. Son lion. Son aigle. Son taureau.

Même le Dieu finalement recourut au latin.

Même pour le plus bas, pour les péchés et les vices, pour nommer les parties génitales, pour exprimer les perversions sexuelles, les hommes firent appel au latin.

Ce fut la Voie translittérante pour les moines

de l'Occident comme le tao pouvait en partie l'être pour les lettrés de la Chine.

La langue morte fut la rampe d'accès au monde d'avant le monde.

Elle était l'ange qui gardait les principia de l'univers.

*

Nous passons par l'autre pour être. Nous passons par l'autre pour naître. Nous passons par l'autre pour atteindre notre langue. Nous passons par l'autre pour accéder au savoir. Nous ne sommes pas des créateurs qui nous engendrons à partir de nous-mêmes.

Nous sommes des créatures ab alio – passant par l'autre.

Par les deux autres lors de la conception.

Par l'autre sexe lors de la parturition.

Par l'autre bouche lors de l'acquisition de la langue naturelle vernaculaire.

Par l'autre regard lors de la lecture.

Au fond de la lecture nous sommes au fond de l'autre.

Et puisque nous passons par l'autre pour atteindre la langue que nous parlons, nous passons par l'autre de cet autre pour en dévoiler le fonctionnement et en connaître le secret.

C'est en quoi le latin devint comme un droit à penser. Parce que le latin – simplement mis à côté du français – pense déjà comme le petit pense déjà dans sa mère. Le latin temporellement (plutôt qu'étymologiquement) déverrouille toutes les formes du français. Droit à payer pour dire l'intime, l'obscène, le malin, le cru, l'enfer, l'origine. Joie de l'ab alio. I am addict – et je parle encore latin. Addictus sum. L'humanité – le prédateur qui a volé tous les prédateurs dans leurs mœurs, leurs bois, leurs plumes, leurs fourrures, leurs peaux, leurs cornes, leurs défenses, leurs dents – a toujours besoin de l'autorisation archaïque.

CHAPITRE XXXIII

Le voleur de temps

Pic eut à se défendre d'avoir pillé les œuvres du passé. Pic de la Mirandole a écrit dans *Apologia,* III : « Où que la tempête m'ait porté, me projetant sur le plus étranger des rivages, j'ai toujours été accueilli comme un hôte. Qui pourrait me condamner parce que le naufrage n'a pas été conclu par la mort ? Vous voudriez me faire boire la ciguë parce que j'aurais été aimé par des morts que vous aviez tous oubliés ? Et maintenant vous me faites un péché d'en reproduire les vestiges dans les pages que j'accumule ! »

*

Je quittai Paris pour un ermitage sur le bord d'une rivière qui sinuait dans le duché de Bourgogne.

Puis ce furent les îles dans le golfe de Naples.

Puis cela devint la montagne, la neige. Ce furent, en expiation de l'aversion que j'avais suscitée par mon retrait de tout, par l'insulte de mon retrait, les heures ouvrées et ritualisées de l'ascèse, la contemplation, la solitude.

Je pénétrai dans la durée.

J'entrai dans le monde immense.

Sénèque a écrit dans *De brevitate vitae*, XIV, 1 : Aucun siècle ne nous est interdit. Immense, très nombreuse, sinon infinie, est la Terre du Temps où nous pouvons aller et revenir ou ne pas revenir.

Nous pouvons sans cesse quitter tout, lire, rompre, divorcer, démissionner, rêver, déménager, partir encore.

Dans l'hémorragie cataclysmique sur un lit d'hôpital.

Dans la souffrance resserrée, les genoux au menton, les mâchoires serrées, dans le mutisme qui se tait tellement dans l'espoir de perdre jusqu'au nom de sa peur.

Dans le lit déserté par l'amour.

Dans le chaos de l'angoisse qui monte et qui enfle.

Dans l'insomnie récurrente qui brûle et qui fait flamboyer le bord des yeux : quelque chose s'ouvrait, se dérobait à toute prise.

*

Car qui peut voler quoi que ce soit à ce qui dérobe le monde avec la vie ?

Y a-t-il un voleur de temps ?

*

J'admirais les *Mémoires d'Outre-tombe* et j'en cherchais la source. Quand je voulus lire, en 1972, dans l'ancienne Bibliothèque nationale, qui était alors située rue de Richelieu, les *Éloges* de Thomas qui les avaient inspirés, il fallut que je coupasse le livre.

J'ouvris mon canif, je glissai la lame entre les folios, j'étais précautionneux, j'étais ému.

Thomas avait été le maître de Chateaubriand et personne n'avait entrouvert ce volume depuis l'année 1829 où il était paru.

Il m'est arrivé plus d'une fois de trancher, doucement, du plat de la lame, résolument, les œuvres originales d'écrivains du passé.

C'est une sensation singulière de découvrir intouchées, vierges de tout regard humain, des œuvres anciennes que seul le relieur a tenues entre ses mains quand il les a enveloppées pour les adresser au service du dépôt légal de la Bibliothèque impériale. Même leur auteur ne les a pas ouvertes quand il les publiait. Personne dans le temps n'a rompu le livre ni n'en a reniflé l'odeur particulière, encollée et fade. On saisit son couteau. Ou, avec l'ongle de son pouce, on déplie la lame froide du canif. Curieux silence qu'on « rompt » à peine – mais qu'entendent cependant les lecteurs qui vous entourent. Silence qui n'est même pas celui de la mort puisque rien n'a vécu encore de sa vie propre dans le folio qu'on rogne – dans le livre ancien indemne qu'on perce un peu du vieux bout de l'ancien stylus.

CHAPITRE XXXIV

La chatte Muezza

Mahomet coupe sa manche pour ne pas éveiller sa chatte Muezza endormie près de lui sur sa couche.

CHAPITRE XXXV

Sur le plagiat le plus bouleversant de l'Histoire

La *Thora* pille le récit de Gilgamesh. *L'Odyssée* fait main basse sur la quête de la Toison d'or. Énée dans *L'Énéide* mime les aventures qu'avait vécues Ulysse dans *L'Odyssée.*

On appelle monde ce qui reste de l'autre monde, dans lequel ce qui a été dérobé est aussi caché sous la surface de la terre que le printemps dans l'hiver.

Sur la colline, entre le *fur* et le *latro*, quand Dieu vint à mourir il crie en mourant au Dieu céleste : « Quare me dereliquisti ? Eli, Eli, sabacthani ? Mon dieu, mon dieu, pourquoi m'as-tu abandonné ? »

C'est ainsi que même au moment de mourir, au plus fort de sa souffrance, Jésus vole ses mots sur d'autres lèvres.

*

« Quare me dereliquisti ? » est peut-être le plagiat le plus bouleversant de l'Histoire dans ce sens qu'à cet instant où il va perdre et le souffle et la vie le descendant de l'Éternité avoue la signification de tous les plagiats : ce sont des relais. Le mot du fils de Dieu mourant est celui de l'objet perdu. L'invocation est reprise par Jésus au psaume XXI de David : Pourquoi m'as-tu laissé comme un *objet délaissé*? Pourquoi m'as-tu rejeté comme un *objet abandonné* sur le bord du sentier où tu avançais ? Pourquoi m'as-tu exposé comme une chose qui ne te paraissait plus utile ?

Quare me de-reliquisti ? La de-relictio c'est la dé-pose des reliques, des délivres, des répliques, des restes, des déchets, des arriérés du monde perdu.

Ce « dépôt » sur les rives de la lumière c'est la naissance même.

*

Ce dépôt, nul ne peut le rembourser.

Nul ne peut même le faire sien.

*

Quare me dereliquisti ?

Ce sont les plus belles musiques, les plus beaux airs qui restent du monde baroque.

*

La littérature fonctionne par ricochet dans les âges. Car c'est toujours dans « l'autre saison » que les plus beaux fruits mûrissent. Non pas l'arrière-saison qui viendrait comme une sorte de décadence au terme de chaque époque historique : il s'agit de l'avant-saison que chaque monde naissant ou renaissant suppose et réanime.

Insaisissable antériorité dont chacun, à chaque naissance, émerge.

D'abord monde innommable de l'ombre utérine qui est comme ensemencée par la nuit au fond de l'univers.

Ensuite monde sauvage, délirant, spontané, non linguistique, onirique, non conscient de l'enfance.

Le *monde d'en dessous* – comme l'écrit si justement Charlotte Brontë.

The world below.

Étrange monde qui nourrit tout ce qui affleure.

Dans la cure de Haworth la porte d'entrée donne sur le cimetière. La porte de derrière (la porte de la cuisine) donne sur la lande.

Charlotte Brontë rappelle enfin dans III, 523 ce que les quatre enfants appelaient le « Texte » : l'endroit où chaque enfant reprend désir dans le texte de l'autre. Puisant son désir dans le désir de l'autre.

*

Le mot grec *dunaton* correspond au mot latin *possibile.*

Si l'on traduit en latin le monde des Grecs il

s'agit alors d'explorer la *possibilitas* de l'Être. L'Irréel du réel. Le lettré hésite devant la décence et la profanation, va et vient sur les frontières des codes de vie ou de mort que les interdits dessinent et compartimentent. Mais la vie est plus simple encore que ce raid à la limite du monde. T. S. Eliot disait : *a raid on the inarticulate.* Il faut attendre chaque naissance – à la suite d'une scène sexuelle invisible – pour qu'un mort revive. Et le mort revient tout nu criant dans la lumière entre les jambes de celle qui s'éloigne déjà et qu'il nomme sa mère. Le mot latin de resurrectio correspond mal à l'invention parfaitement grecque que saint Paul est le premier à avoir conçue et qu'il appelle anastasis. « Anastasis nekrôn » signifie *soulèvement* des morts. C'est l'*anodos* d'une colère. C'est une ascension – du moins l'élan d'une ascension. Tous les cadavres soudain se *lèveront*, écrit saint Paul. Ce soulèvement est plus radical encore qu'une révolution. Ils ne « resurgiront » pas du fond du monde. Les morts se dresseront et crieront sur toute la surface de la terre.

*

Brusque scolie sur la colère insuffisamment potentielle. La peur ne s'accumule pas assez chez l'homme. L'angoisse devrait s'accroître dans la psyché comme la faim se creuse chez l'affamé, comme la fatigue s'appesantit et même s'accable chez l'insomniaque. Il devrait y avoir des explosions plus nombreuses que celles que l'Histoire fait apparaître. Les sociétés humaines devraient être aussi volcaniques que les volcans eux-mêmes. Voilà ce que je pense de ce monde : ça manque d'orages.

CHAPITRE XXXVI

Le roi lecteur

Ce fut comme un long orage où tous prirent peur. Quand les premiers livres typographiques sortirent des premières presses de l'Histoire de l'Europe du Nord, sur les bords de l'Ill, toutes les sociétés d'Europe voulurent les interdire. La lecture individuelle souffla comme une tempête. La psyché à l'état libre fit peur à l'ensemble des régimes, des hiérarchies religieuses, des groupes communautaires si inconsciemment associés à leur langue. Le roi Louis XI envoya un homme à Strasbourg, là où avait été écrite pour la première fois la langue française sous la main du comte Nithard, en sorte de s'attacher les imprimeurs.

Le premier texte français rédigé par le comte Nithard, entre l'Ill et le Rhin, dans la plaine d'Alsace, au IXe siècle, ç'avait été une brume.

Au XVe siècle, au XVIe siècle, au XVIIe siècle, ce fut un long orage qui ne semblait pas connaître de fin.

Le roi Louis XI ajouta que non seulement il

était de leur côté – eux, les compositeurs de lettres de plomb, avec leurs grandes presses à cidre – tant il aimait lire, mais qu'il aurait à cœur de les défendre contre l'imputation de sorcellerie dont on commençait à les soupçonner.

La coiffe de drap gris, la modestie errante, le hibou nocturne, Louis XI est le seul roi de France qui aimât lire. Ce fut le seul grand roi de la *lettrure*. C'est le roi chauve-souris, nocturne, insaisissable, parlant une langue douce, savante, perverse, sinueuse, merveilleuse. C'est le prince insomniaque. Celui qui erre chaque nuit, de salle en salle, de palais en palais, de forêt en forêt, avide de quêtes, de secrets, de buissons, de futaies, de chasses, de cruautés, de rapaces, de bêtes féroces, de livres.

*

Jadis les « conoissances » désignaient les armoiries sur l'écu qui forment par elles-mêmes de singulières pictographies complexes et colorées.

Lancelot, le chevalier solitaire, nommait « charaies » les caractères de l'écriture qui dérivaient de ces très vieux tatouages qui étaient comme les totems des hommes qui souhaitaient se distinguer individuellement les uns des autres.

Les « charaies », voilà comment le chevalier nommait les caractères creusés dans la pierre des tombeaux dans la Forêt Aventureuse et qu'il déchiffrait pour ses compagnons au cours de leur errance perpétuelle et des défis qu'elle entraînait.

Il appelait « lettrure » ce que nous appelons littérature.

Lancelot est le premier chevalier français qui ait appris à lire. Clovis ne savait pas lire. Roland ne savait pas lire. Charlemagne ne savait pas lire. Le roi Arthur ne sait pas lire. Connaissant les « connaissances », sachant déchiffrer les « charaies », le chevalier Lancelot vient à bout de tous les sortilèges. Il rompt les magies. Il met fin aux étranges coutumes. Il délivre les ensorcelés. Il déchaîne les enchaînés. Il assagit les fous. Il nomme les perdus. Il fait se *soulever* les morts qu'il fait sortir des pierres.

La littérature – la lettrure – ranime les morts dans les livres.

La littérature – la lettrure – désenvoûte le sort lancé sur nous à la naissance.

CHAPITRE XXXVII

Sur la lettre y

Nous ne sommes pas en naissant les esclaves des astres qui sont insensibles.

Il y a un autre ciel que la voûte céleste où les consuls, les sortilèges, les augures scrutent en guettant. Où les mages prétendaient lire en suivant l'étoile qui guide le chameau qui les conduit à l'ange, qui les mène irrésistiblement à la paillasse de Bethléem, à la divine odeur d'étable qui monte de toute nativité. Le scintillement de l'étoile et les grandes ailes de l'ange indiquent là où la Vierge épuisée baisse les yeux et dort sur le bord de la crèche où son fils dort. Il y a un ciel propre à l'homme intérieur : c'est la convection intime et nocturne de l'âme qui se renverse sur elle-même. Seuls le lecteur, le littéraire, le lettré en comprennent l'amplitude. Pétrarque est plus précis encore dans son épître : Chaque fille est divisée entre la femme et la mère. L'homme qui écrit une fois devenu mûr aborde un carrefour comparable à celui que les femmes connaissent au terme de leur jeunesse.

Soit les guerres séculaires qui fondent l'être-ensemble des hommes dans l'Histoire, soit la vie solitaire dans l'explosivité du temps.

Ou bien le chevalier ou bien l'ermite.

Quel homme ne se retrouve au carrefour de deux chemins quand il a fini de grandir, quand il a achevé ses études ? D'un côté la foi publique, l'ambition sociale, citoyenne, religieuse, fortunée, glorieuse, de l'autre côté la vertu interne, la menace mortelle, individuelle, dense, sèche, ascétique, brûlante.

Pétrarque introduit alors dans son argumentation cette remarque étrange : « Ce carrefour a la forme de la lettre inventée par Pythagore, qu'on appelle y, et qui présente une fourche inégale à son extrémité. » C'est la lettre grecque dite upsilon, lunaire, bicorne, cervidée, tauromachique. La corne la plus brève, à droite, va vers Dieu, va vers le salut, va vers le paradis ; la corne la plus large et la plus affaissée part vers la gauche, s'incline vers la terre, vers la culpabilité, vers l'enfer.

La bifurcation de la lettre et de chaque lettre est le destin du lettré. Elle voue celui qui lit au chemin le plus long. Car, si la symbolie encrante sur-le-champ et propulse, la diabolie rallonge et erre.

Selon Pétrarque le chemin sans secours qu'emprunte celui qui consacre sa vie à l'étude exige la force la plus grande. Ce chemin que trace le long trait de la lettre dans les jours de celui qui lit, c'est le chemin de montagne. C'est le chemin de Pétrarque. C'est le chemin de Nietzsche. C'est le chemin de Rilke. C'est le chemin de Celan. C'est le chemin qui mène au haut du mont Ventoux.

*

D'un côté l'argumentable, de l'autre l'intraitable.

D'un côté le discours, la ligne droite, les plaisirs de l'identité, la tiédeur du foyer, les étapes régulières, la fortune, de l'autre le roman, le coup de foudre, le caprice bouleversant, la densité, l'éclair, la saute, l'incandescence, l'amour.

*

« Non serviam », telle est la devise du diable dans l'Occident chrétien. C'est ainsi que la littérature est diabolique : elle quitte la langue parlée. Je ne servirai pas. Je ne parlerai pas. Elle quitte le Verbe pour le Silence. La littérature dédaigne l'interlocution et gagne la solitude. Elle quitte le dialogue et elle rejoint le rêve. Je ne servirai à rien. Je ne servirai jamais.

*

Jean a écrit dans Évangile, X, 1 : En vérité je vous le dis : Ce n'est point celui qui entre dans l'enclos par la porte qui est un voleur, c'est celui qui a escaladé le mur.

Jean écrit à Éphèse. Marie vit à deux pas de lui.

Le mot que saint Jean emploie pour voleur est kleptès.

Le verbe qu'il emploie pour escalader est anabainein.

C'est le terme qu'emploie Xénophon : *L'Anabase.* Si proche de celui dont use Dionysos : *Anodos.*

Si parler c'est entrer dans la langue par la porte au terme de l'enfance, vieillir, écrire escaladent le mur.

*

À Éphèse on visite toujours la maison de Marie. Là où elle vécut durant les onze années qui lui restaient à vivre après le supplice de son fils.

De 37 à 48 elle vécut là, en compagnie de saint Jean. Sur le bord de la mer.

*

Aristote *Physique*, VIII, 5 : À un certain moment dans la régression des causes il faut bien s'arrêter.

Anagkè stènai, écrit Aristote. C'est une *nécessité* de s'arrêter.

Mais non ! Il ne faut pas fuir la peur du vide, ni craindre l'errance des planètes dans le ciel noir, ni la mutation et le soulèvement éternels des vagues sur le globe. Le temps ne s'arrête pas. Il est *l'Inarrêtable.* Il ne faut en aucun cas et jamais songer à s'arrêter. Il faut opposer Ferenczi à Aristote : la régression vers l'origine doit être *infinie comme le fond de l'univers.* Aussi dense. De plus en plus dense. L'ombilic de la pensée c'est le jadis. Son porche c'est le désir.

*

Jadis, Mallarmé, en relisant ses vers, corrigeait partout « Mon Dieu » par « Jadis ».

Mon Dieu, tu détachas les grands calices pour…

Jadis tu détachas les grands calices pour…

*

Mallarmé disait de ceux qui le liraient : « Je les priverai de paradis. »

*

Le *Secretum* de Pétrarque s'ouvre sur un rêve. Une femme immense descend près du lit où dort le lettré. C'est Veritas. Ses pieds ne touchent pas terre. C'est à cela qu'on voit qu'elle n'est pas une créature terrestre. Elle est immense au-dessus du lit de celui qui lit. Elle ne projette aucune ombre sous sa grande robe bleue qui fait comme une cloche dans l'espace. C'est à cette absence de l'ombre qu'on voit qu'elle n'est pas vivante. Auprès d'elle, se tient un très vieil homme. C'est

Augustin qui accompagne la déesse bleue et c'est lui qui parle à l'homme qui écrit.

— Tu es malade, François, lui dit le saint.

Mais le lettré, même s'il tourne son visage, même s'il ouvre tout grands ses yeux devant la déesse qui le visite, reste imperturbable devant le saint qui lui adresse ses reproches. Il prend sa plume de fer. Il lui répond par écrit : « Il est vrai que dans le désordre de ma conduite, dans la passion des livres, dans l'éloignement de Dieu, j'ai abandonné le chemin, bref, lumineux, direct du règne, j'ai abandonné la voie unanime du paradis qui mène à la communion de tous les saints. Je vais désormais seul, sur le sentier sinistre, long, longiligne, amaigri, plein de méandres, ardu, vertigineux, étroit, scoliotique, sordide, mortel, de cet *u* qui vient des Grecs d'Athènes, qui vint par la suite des Grecs d'Alexandrie à la bibliothèque entièrement brûlée, – qui vint enfin des Grecs de Constantinople, de Byzance, d'Istanbul sur la mer Noire au nord-est d'Éphèse sur la mer Égée. Sans cesse je me retourne, je me perds, je guette toutes les particularités, je recueille tous les indices, je suis à la lettre autant que je le peux les pictogrammes incertains, les caractères compliqués, les signes bifurquants, les cailloux blancs que lancent dans leur dos les petits enfants que les parents ont désiré perdre, les repères labyrinthiques et les pelotes de laine et les bobines de fil ; j'épie, je fronce les sourcils, je cligne les paupières, je regarde de biais ; j'essaie de déchiffrer le plus complètement possible le chemin obscur où mes pieds trébuchent, où leur peau se durcit et même s'encorne ; je tombe ; je m'accroche aux ronces ; je m'égare de nouveau mais j'avance. Je ne sais à vrai dire si j'avance, ou bien si je recule, mais au moins j'invente l'étrange ligne où je vais. Sans cesse mon corps augmente en force. Il me semble que mes pieds sont devenus des sabots de cerf. Ma tunique se déchire. J'avance de plus en plus nu. »

*

Le caractère *italique* fut inventé par Alde Manuce à partir de l'écriture *manuscrite* des lettres qu'on avait conservées de Pétrarque.

CHAPITRE XXXVIII

Le fond magique de l'amour

Clytemnestre, après qu'elle a tué son époux, lui tranche les mains. Elle place les deux mains qu'elle vient de couper sous les aisselles de son mari. Puis elle s'attaque aux chevilles, qu'elle scie. À l'aide d'une corde elle suspend les pieds qu'elle vient d'amputer autour du cou d'Agamemnon. Ainsi le roi mort ne pourra pas revenir dans ce monde.

— Agamemnon, tu ne saisiras plus rien ! Agamemnon, tu ne courras plus çà et là en criant vengeance contre moi ! Agamemnon, tu ne sortiras pas de l'intérieur de ta tombe !

La reine s'apaise alors : elle n'aura pas à redouter la vengeance de son mari mort durant les sept années qui lui restent à vivre à Mycènes.

*

De même Marie quand son fils fut mort.

Elle ne désira pas le revoir après qu'il fut ressuscité.

*

Je voudrais évoquer le fond magique de l'amour. Le fond le plus archaïque, le plus élémentaire, le plus sauvage, le plus pulsionnel.

Voler l'autre, mettre la main à jamais sur son corps – peut-être même l'enfermer à l'abri de tous les regards autres que le sien –, lui dérober son âme.

Voici comment se préparait une incantation dans l'Antiquité : on attachait une tablette de plomb à une figurine de chiffon, de cire, de glaise humide. On rassemblait l'une et l'autre dans un vase. On glissait ce dernier, la nuit, furtivement, dans l'ombre, auprès du cadavre enterré d'un mort.

*

Dans la religion, le rituel se fait en public. Il a lieu en plein jour. Il est oral. Il est même chanté par la communauté qui se réunit, qui rassemble ses voix et les élève à l'unisson.

Dans la magie, la ligature se fait de manière dissimulée, solitaire. Elle a lieu au moment le plus noir de la nuit Elle se fait par écrit, silencieusement. Elle est ensuite pliée et repliée sur elle-même pour que le message en soit scellé.

Elle est enfin *clouée* sur elle-même en sorte que nul vivant ne puisse jamais en prendre connaissance.

*

Ce que les Romains appelaient une « incantatio » était appelé en grec un « logos ». Nul ne doit connaître l'exécration, nul ne doit soupçonner le charme. La liturgie (la « praxis ») qui suivait l'incision de la tablette avec le poinçon se décomposait en six moments : modeler la figurine du corps qu'on voulait maléficier ou qu'on entendait fasciner dans son esprit et asservir dans sa conduite. 2. La percer d'aiguilles de plomb. 3. L'attacher solidement, éternellement à la lamelle de plomb repliée en faisant 365 nœuds à l'aide d'un fil de métier à tisser.

4. Se rendre dans la nécropole au cœur d'une nuit sans lune.

5. Seul, en secret, sans bruit, ouvrir la tombe qu'on avait élue.

6. Y déposer la statuette et la tablette reliées entre elles, toutes les deux placées à l'intérieur du vase, auprès de ce mort dont on souhaitait qu'il devînt porteur de mort (dans le cas d'exécration ou de malédiction), ou qu'il se transformât en messager rapide, ailé, invisible, nocturne (dans le cas du charme d'amour).

Plus le cadavre était récent et jeune, plus il lui restait de vie à vivre quand la mort l'avait soustrait à la lumière, plus la virulence de l'énamoration, ou plus la précipitation vindicative, devenait irrésistible.

*

Je recopie une incantation qui a été incisée sur une tablette de plomb qui provenait d'une conduite d'eau. Elle a été trouvée dans le Fayoum, à Haouârah. Elle est désormais exposée au Musée du Caire (Inventaire n° 48217). Incantation lancée sur Hérônous : « Dieux souterrains et déesses souterraines, Pluton Usmigadoth, Korè Éroschidal, Adônai Barbaritha, Hermès du monde de dessous la terre, Thoth, Anubis, puissant Psériphtha qui tiens les clés de l'Hadès, et vous tous, esprits souterrains, garçons et filles morts prématurément, jeunes hommes et jeunes filles décédés, je vous confie ce vase. Démons et ombres, je vous adjure. Assistez cet esprit qui est ici. Esprit du mort, maintenant, éveille-toi pour moi, qui que tu sois, homme ou femme, rends-toi en chaque lieu où se trouve Hérônous que Ptolémaïs a conçue et a accouchée, va dans chaque quartier où elle va, entre dans chaque chambre où elle pénètre, afin qu'elle ne connaisse ni coït vaginal ni pénétration anale ni lècherie génitale ni aucun autre plaisir possible qu'avec moi seul, Posidônios que Tshénoubasthis a conçu et a accouché. Esprit du mort, lie Hérônous en sorte qu'elle ne puisse ni manger, ni boire, ni sortir, ni trouver le sommeil loin de moi seul, Posidônios. Par celui dont, en entendant son nom, la terre s'ouvre, par celui dont, en entendant son nom, les esprits frissonnent dans les branches sous les petites ailes des oiseaux, au fond des sources, le long des ruisseaux, des rivières, des fleuves, des océans, en entendant son nom, se soulèvent d'effroi, les pierres, en entendant son nom, se fendent et éclatent, les montagnes explosent, elles crachent leurs fumées et vomissent leurs laves, esprit du mort, je t'adjure, ne me désobéis pas, rends-toi en chaque lieu où se rend Hérônous que Ptolémaïs a conçue et a accouchée, va dans chaque quartier où elle va, entre dans chaque chambre où elle pénètre, empêche-la de manger et de boire, ne laisse pas Hérônous connaître un autre homme que moi seul, Posidônios que Tshénoubasthis a conçu et a accouché. Traîne Hérônous que Ptolémaïs a conçue et a accouchée par les cheveux et par les entrailles vers moi seul Posidônios que Tshénoubasthis a conçu et a accouché, à toute heure de l'année, de la nuit, du jour, jusqu'à ce que Hérônous arrive auprès de moi, et fais en sorte qu'elle ne me quitte plus jusqu'à la mort, et que je la possède, elle, Hérônous que Ptolémaïs a conçue et a accouchée, et qu'elle me soit soumise à moi, Posidônios que Tshénoubasthis a conçu et a accouché, pour toute la durée de ma vie à moi, Posidônios. Maintenant vite, vite, aujourd'hui. Si tu accomplis cela pour moi je te libérerai. Maintenant vite, vite, aujourd'hui. »

*

Tachy (Vite !) est l'adverbe qui signale aussitôt, aux yeux de l'épigraphiste, qu'il a mis au jour une tablette magique.

Pour une raison semblable l'intervention du dieu Typhon procure l'assurance que l'ensorcellement va se propager à toute vitesse dans les airs, va tout emporter devant lui.

Tachy car il s'agit de presser le temps.

Typhon car il s'agit de bouleverser.

Tout ce qui est typhon, cyclone, volcan, incendie, déluge, déchaîne, renverse, embrase, dévaste. L'incantation est adressée à l'esprit du mort qui été choisi comme intermédiaire. On vole le mort dans sa tombe : on le dessaisit de son démon personnel. Ce *nekrodaimôn* – cet esprit du mort – est littéralement « pris en otage » par l'exécrant ou le charmant. Il ne sera libéré du pouvoir du vivant qu'après avoir exécuté sa tâche. On touche ici au cœur de l'écrit. L'exécrant ou le charmant dépossèdent un mort en sorte d'asservir un vivant. Le mort est devenu un esclave comme l'ensorcelé va devenir un esclave. Dans le charme qu'il lance sur Hérônous, Posidônios n'hésite pas à traiter la femme dont il espère l'amour comme si elle n'était pas une femme libre mais une esclave.

*

Voici maintenant une incantation inverse : un charme qui a été composé par une femme en direction d'un homme dont le nom est Eutychès.

L'incantation a été écrite sur une feuille de papyrus et date de l'époque où Apulée le Romancier vivait, où saint Paul errait de Tarse à Éphèse, à Damas, à Jérusalem, à Rome. Elle a été publiée et commentée par Octave Guéraud en 1934. Incantation lancée sur Eutychès : « Vite, embrase ! De même que Typhon est l'ennemi de Hélios, de même embrase l'âme d'Eutychès conçu et accouché par Zôsimè. Embrase son cœur à lui, Eutychès. Remplis Eutychès d'amour. Abrasax, embrase l'âme d'Eutychès conçu et accouché par Zôsimè. Embrase le cœur d'Eutychès. Remplis Eutychès d'amour. Adônai, embrase l'âme d'Eutychès conçu et accouché par Zôsimè. Incendie son cœur à lui, Eutychès. Enflamme Eutychès d'amour. Tout de suite, vite, vite, à cette heure même, aujourd'hui même. »

Associée à chaque incantation, reliée par 365 nœuds, une poupée est couchée auprès de la feuille de papyrus roulée. Le corps de la statuette masculine d'Eutychès est nu. Treize aiguilles sont plantées. Une aiguille dans le cerveau, une aiguille dans chaque oreille, une aiguille dans chaque œil, une aiguille dans la bouche, une aiguille dans chaque main, une aiguille dans chaque pied, une aiguille dans l'anus, deux aiguilles dans le sexe.

Ce que nous appelons l'amour désigne dans l'Antiquité une passion au même titre que la colère, au même titre qu'une maladie imprévisible, qu'un fléau météorologique, qu'une vague tsunamique, océanique.

L'amour est une force. Cette force envahit le corps comme l'air le fait à la naissance. Elle domine puis elle possède l'âme. Elle rend la volonté serve.

Rend la chair malade.

Tue.

L'amour, dans l'œuvre extraordinaire d'Ovide, est simplement soit « Je brûle », soit « Je meurs ».

Ferus amor, disaient les Anciens. L'amour est sauvage. Il ensauvage celle qui aime comme une bête féroce. Il submerge celui qui aime comme un océan déchaîné et sans fond.

Il incendie tout le volume de chaque corps – mâle, femelle – comme un feu de forêt ravage à toute allure les buissons, le jardin, la maison, la vallée, l'espace.

Psychè, sur les hématites égyptiennes, sur les jaspes antiques, porte la lampe à huile dans sa main droite avant de mettre le feu au corps adverse. Et toute l'*animatio* qui si soudainement anime la chair à l'instant de la naissance, subitement, devient cendre à l'intérieur du corps incendié qui aime.

Il est indéniable que ceux qui tombent amoureux se reconnaissent aisément en ce que la surface de leur peau irradie. La peau des amoureux est *radieuse.* Ce feu qui incendie l'âme se voit comme le nez au milieu de la figure. L'amour est soudain visible sur tout leur corps comme la lune lorsqu'elle est pleine dans le ciel nocturne.

Quant à Éros, il lance sa flèche pointue, perce, cloue, attache impossiblement – mais éternellement c'est-à-dire prénatalement – le corps à l'autre corps.

Soudain le corps amoureux, envahi par le fantôme (phantasma) du corps de l'autre – autre de l'autre qu'il ignore mais dont il désire le désir –, souffre. Il ne peut plus se dégager de son image. Le temps a beau passer, les siècles ont beau ruiner les pyramides, le vent, le sable, le sel ont beau décomposer les nécropoles, ronger les rivages, affaisser les stèles, réduire les tombes à l'état de blocs de pierres dépourvues d'images, couvertes de mousses et non plus de lettres, cette saisie inexplicable de l'autre, ce saisissement à mort, cet embrasement qui éblouit l'âme, ce coup de foudre dans le ciel, ce typhon au-dessus de la mer, restent étrangement semblables. En 1847, au mois de décembre, paraissent *Les Hauts de Hurlevent.* À la fin du roman le narrateur décrit Heathcliff allongé sur le tombeau de Catherine. La définition de l'amour que donnait Catherine elle-même, quand elle était encore vivante, était la plus simple qui soit : « I am Heathcliff. » C'est le transfert à l'état pur. C'est toujours la possession. Le jour même où elle est enterrée, au cœur de la nuit, alors que la neige tombe par rafales, Heathcliff survivant, allongé sur la pierre, désespéré, est immobile. Alors qu'il est étendu de tout son long sur la tombe de « sa » morte, tout à coup, il se lève. Il prend une bêche. Il creuse dans la neige, il perce le froid glacial de la couche de terre. Il touche le cercueil où Cathy est enfermée. Il croit qu'il entend un soupir – a sigh –, un souffle impossible qui monte de la terre. Il a l'impression qu'elle revient sur terre, qu'elle se tient à ses côtés, qu'elle l'accompagne. Son âme s'apaise car l'esprit de la morte est là, auprès de lui, avec lui. Il se redresse. Il range la bêche dans l'abri. Il semble qu'il s'en aille seul dans le sentier, sur la lande, dans la neige. Ils s'en vont tous les deux dans la nuit et la neige.

DU MÊME AUTEUR

Aux Éditions Gallimard

LE LECTEUR, *récit*, 1976 (« Folio » nº 5855).

CARUS, *roman*, 1979 (« Folio » nº 2211).

LES TABLETTES DE BUIS D'APRONENIA AVITIA, *roman*, 1984 (« L'Imaginaire » nº 212).

LE SALON DU WURTEMBERG, *roman*, 1986 (« Folio » nº 1928).

LES ESCALIERS DE CHAMBORD, *roman*, 1989 (« Folio » nº 2301).

TOUS LES MATINS DU MONDE, *roman*, 1991 (« Folio », nº 2533 et « Folioplus classiques », nº 202).

LE SEXE ET L'EFFROI, 1994 (« Folio » nº 2839).

VIE SECRÈTE, Dernier royaume VIII, 1998 (« Folio » nº 3292).

TERRASSE À ROME, *roman*, 2000 (« Folio » nº 3542).

VILLA AMALIA, *roman*, 2006 (« Folio » nº 4588).

LYCOPHRON ET ZÉTÈS, « Poésie/Gallimard » nº 456, 2010.

LES SOLIDARITÉS MYSTÉRIEUSES, *roman*, 2011 (« Folio » nº 5678).

L'AMOUR LA MER, *roman*, 2022

Dans la collection Écoutez lire

TOUS LES MATINS DU MONDE, 2 CD, 2011.

Aux Éditions Grasset

LES OMBRES ERRANTES, Dernier royaume I, 2002 (« Folio » nº 4078).

SUR LE JADIS, Dernier royaume II, 2002 (« Folio » nº 4137).

ABÎMES, Dernier royaume III, 2002 (« Folio » nº 4138).

LES PARADISIAQUES, Dernier royaume IV, 2005 (« Folio » nº 4515).

SORDIDISSIMES, Dernier royaume V, 2005 (« Folio » nº 4516).

LES DÉSARÇONNÉS, Dernier royaume VII, 2012 (« Folio » nº 5745).

MOURIR DE PENSER, Dernier royaume IX, 2014 (« Folio » nº 6058).

LES LARMES, roman, 2016 (« Folio » nº 6525).

DANS CE JARDIN QU'ON AIMAIT, roman, 2017 (« Folio » nº 6595).

L'ENFANT D'INGOLSTADT, Dernier royaume X, 2018. (« Folio » nº 6826).

L'HOMME AUX TROIS LETTRES, Dernier royaume XI, 2020 (« Folio » nº 7097).

Aux Éditions du Seuil

L'OCCUPATION AMÉRICAINE, *roman*, 1994 (« Points » nº 208).

LA BARQUE SILENCIEUSE, Dernier royaume VI, 2009 (« Folio » nº 5262).

ANGOISSE ET BEAUTÉ, 2018.

Aux Éditions Galilée

ÉCRITS DE L'ÉPHÉMÈRE, 2005.

POUR TROUVER LES ENFERS, 2005.

LE VŒU DE SILENCE, 2005.

UNE GÊNE TECHNIQUE À L'ÉGARD DES FRAGMENTS, 2005.

GEORGES DE LA TOUR, 2005.

INTER AERIAS FAGOS, 2005.

REQUIEM, 2006.

LE PETIT CUPIDON, 2006.

ETHELRUDE ET WOLFRAMM, 2006.

TRIOMPHE DU TEMPS, 2006.

L'ENFANT AU VISAGE COULEUR DE LA MORT, 2006.

BOUTÈS, 2008.

L'ORIGINE DE LA DANSE, 2013.

CRITIQUE DU JUGEMENT, 2015.

PRINCESSE VIEILLE REINE, 2015.

PERFORMANCES DE TÉNÈBRES, 2017.

BUBBELEE, 2018.

LA VIE N'EST PAS UNE BIOGRAPHIE, 2019.

LA RÉPONSE À LORD CHANDOS, 2020.

Chez d'autres éditeurs

L'ÊTRE DU BALBUTIEMENT, essai sur Sacher-Masoch, Mercure de France, 1969.

ALEXANDRA DE LYCOPHRON, Mercure de France, 1971 (repris dans « Poésie/Gallimard » n° 456).

LA PAROLE DE LA DÉLIE, essai sur Maurice Scève, Mercure de France, 1974.

MICHEL DEGUY, Seghers, 1975.

LA LEÇON DE MUSIQUE, Hachette, 1987.

ALBUCIUS, P.O.L, 1990 (« Folio » n° 3992).

KONG SOUEN-LONG, SUR LE DOIGT QUI MONTRE CELA, Michel Chandeigne, 1990.

LA RAISON, Le Promeneur, 1990.

PETITS TRAITÉS, tomes I à VIII, Maeght Éditeur, 1990 (« Folio » n° 2976-2977).

LA FRONTIÈRE, *roman*, Éditions Chandeigne, 1992 (« Folio » n° 2572).

LE NOM SUR LE BOUT DE LA LANGUE, P.O.L, 1993 (« Folio » n° 2698).

LES SEPTANTE, Patrice Trigano, 1994.

L'AMOUR CONJUGAL, *roman*, Patrice Trigano, 1994.

RHÉTORIQUE SPÉCULATIVE, Calmann-Lévy, 1995 (« Folio » n° 3007).

LA HAINE DE LA MUSIQUE, Calmann-Lévy, 1996 (« Folio » n° 3008).

TONDO, Flammarion, 2002.

CÉCILE REIMS GRAVEUR DE HANS BELLMER, Éditions du cercle d'art, 2006.

LA NUIT SEXUELLE, Flammarion, 2007 (« J'ai lu » n° 9033).

INTER : INTER AERIAS FAGOS, préface de Catherine Flohic, traductions de Pierre Alferi, Éric Clémens, Michel Deguy, Bénédicte Gorrillot, Emmanuel Hocquard, Christian Prigent, Jude Stéfan, Argol, 2011.

MEDEA, Ritournelles, 2011.

SUR LE DÉSIR DE SE JETER À L'EAU, avec Irène Fenoglio, Presses Sorbonne nouvelle, 2011.

LEÇONS DE SOLFÈGE ET DE PIANO, Arléa poche n° 195, 2013.

LA SUITE DES CHATS ET DES ÂNES, Presses Sorbonne nouvelle, 2013.

SUR L'IMAGE QUI MANQUE À NOS JOURS, Arléa poche n° 205, 2014.

MARIE MOREL, UNE VIE DE PEINTRE, Regard, 2014.

SUR L'IDÉE D'UNE COMMUNAUTÉ DE SOLITAIRES, Arléa poche n° 217, 2015.

PASCAL QUIGNARD : TRANSLATIONS ET MÉTAMORPHOSES, Colloque international de Cerisy-la-Salle, Hermann, 2015.

LE CHANT DU MARAIS, Chandeigne, 2016.

UNE JOURNÉE DE BONHEUR, Arléa poche n° 234, 2017.

SUR LE GESTE DE L'ABANDON, avec Mireille Calle-Gruber, Hermann, 2020.

COLLECTION FOLIO

Dernières parutions

6761.	Mathieu Riboulet	*Le corps des anges*
6762.	Simone de Beauvoir	*Pyrrhus et Cinéas*
6763.	Dōgen	*La présence au monde*
6764.	Virginia Woolf	*Un lieu à soi*
6765.	Benoît Duteurtre	*En marche !*
6766.	François Bégaudeau	*En guerre*
6767.	Anne-Laure Bondoux	*L'aube sera grandiose*
6768.	Didier Daeninckx	*Artana ! Artana !*
6769.	Jachy Durand	*Les recettes de la vie*
6770.	Laura Kasischke	*En un monde parfait*
6771.	Maylis de Kerangal	*Un monde à portée de main*
6772.	Nathalie Kuperman	*Je suis le genre de fille*
6773.	Jean-Marie Laclavetine	*Une amie de la famille*
6774.	Alice McDermott	*La neuvième heure*
6775.	Ota Pavel	*Comment j'ai rencontré les poissons*
6776.	Ryoko Sekiguchi	*Nagori. La nostalgie de la saison qui vient de nous quitter*
6777.	Philippe Sollers	*Le Nouveau*
6778.	Annie Ernaux	*Hôtel Casanova* et autres textes brefs
6779.	Victor Hugo	*Les Fleurs*
6780.	Collectif	*Notre-Dame des écrivains. Raconter et rêver la cathédrale du Moyen Âge à demain*
6781.	Carole Fives	*Tenir jusqu'à l'aube*
6782.	Esi Edugyan	*Washington Black*
6784.	Emmanuelle Bayamack-Tam	*Arcadie*
6785.	Pierre Guyotat	*Idiotie*
6786.	François Garde	*Marcher à Kerguelen.*

6787. Cédric Gras	*Saisons du voyage.*
6788. Paolo Rumiz	*La légende des montagnes qui naviguent.*
6789. Jean-Paul Kauffmann	*Venise à double tour*
6790. Kim Leine	*Les prophètes du fjord de l'Éternité*
6791. Jean-Christophe Rufin	*Les sept mariages d'Edgar et Ludmilla*
6792. Boualem Sansal	*Le train d'Erlingen ou La métamorphose de Dieu*
6793. Lou Andreas-Salomé	*Ce qui découle du fait que ce n'est pas la femme qui a tué le père* et autres textes psychanalytiques
6794. Sénèque	*De la vie heureuse* précédé de *De la brièveté de la vie*
6795. Famille Brontë	*Lettres choisies*
6796. Stéphanie Bodet	*À la verticale de soi*
6797. Guy de Maupassant	*Les Dimanches d'un bourgeois de Paris* et autres nouvelles
6798. Chimamanda Ngozi Adichie	*Nous sommes tous des féministes* suivi du *Danger de l'histoire unique*
6799. Antoine Bello	*Scherbius (et moi)*
6800. David Foenkinos	*Deux sœurs*
6801. Sophie Chauveau	*Picasso, le Minotaure. 1881-1973*
6802. Abubakar Adam Ibrahim	*La saison des fleurs de flamme*
6803. Pierre Jourde	*Le voyage du canapé-lit*
6804. Karl Ove Knausgaard	*Comme il pleut sur la ville. Mon combat - Livre V*
6805. Sarah Marty	*Soixante jours*
6806. Guillaume Meurice	*Cosme*
6807. Mona Ozouf	*L'autre George. À la rencontre de l'autre George Eliot*
6808. Laurine Roux	*Une immense sensation de calme*

6809. Roberto Saviano — *Piranhas*
6810. Roberto Saviano — *Baiser féroce*
6811. Patti Smith — *Dévotion*
6812. Ray Bradbury — *La fusée* et autres nouvelles
6813. Albert Cossery — *Les affamés ne rêvent que de pain*
6814. Georges Rodenbach — *Bruges-la-Morte*
6815. Margaret Mitchell — *Autant en emporte le vent I*
6816. Margaret Mitchell — *Autant en emporte le vent II*
6817. George Eliot — *Felix Holt, le radical.* À paraître
6818. Goethe — *Les Années de voyage de Wilhelm Meister*
6819. Meryem Alaoui — *La vérité sort de la bouche du cheval*
6820. Unamuno — *Contes*
6821. Leïla Bouherrafa — *La dédicace.*
6822. Philippe Djian — *Les inéquitables*
6823. Carlos Fuentes — *La frontière de verre.* Roman en neuf récits
6824. Carlos Fuentes — *Les années avec Laura Díaz.* Nouvelle édition augmentée
6825. Paula Jacques — *Plutôt la fin du monde qu'une écorchure à mon doigt.*
6826. Pascal Quignard — *L'enfant d'Ingolstadt. Dernier royaume X*
6827. Raphaël Rupert — *Anatomie de l'amant de ma femme*
6828. Bernhard Schlink — *Olga*
6829. Marie Sizun — *Les sœurs aux yeux bleus*
6830. Graham Swift — *De l'Angleterre et des Anglais*
6831. Alexandre Dumas — *Le Comte de Monte-Cristo*
6832. Villon — *Œuvres complètes*
6833. Vénus Khoury-Ghata — *Marina Tsvétaïéva, mourir à Elabouga*
6834. Élisa Shua Dusapin — *Les billes du Pachinko*
6835. Yannick Haenel — *La solitude Caravage*

6836. Alexis Jenni — *Féroces infirmes*
6837. Isabelle Mayault — *Une longue nuit mexicaine*
6838. Scholastique Mukasonga — *Un si beau diplôme !*
6839. Jean d'Ormesson — *Et moi, je vis toujours*
6840. Orhan Pamuk — *La femme aux cheveux roux*
6841. Joseph Ponthus — *À la ligne. Feuillets d'usine*
6842. Ron Rash — *Un silence brutal*
6843. Ron Rash — *Serena*
6844. Bénédicte Belpois — *Suiza*
6845. Erri De Luca — *Le tour de l'oie*
6846. Arthur H — *Fugues*
6847. Francesca Melandri — *Tous, sauf moi*
6848. Eshkol Nevo — *Trois étages*
6849. Daniel Pennac — *Mon frère*
6850. Maria Pourchet — *Les impatients*
6851. Atiq Rahimi — *Les porteurs d'eau*
6852. Jean Rolin — *Crac*
6853. Dai Sijie — *L'Évangile selon Yong Sheng*
6854. Sawako Ariyoshi — *Le crépuscule de Shigezo*
6855. Alexandre Dumas — *Les Compagnons de Jéhu*
6856. Bertrand Belin — *Grands carnivores*
6857. Christian Bobin — *La nuit du cœur*
6858. Dave Eggers — *Les héros de la Frontière*
6859. Dave Eggers — *Le Capitaine et la Gloire*
6860. Emmanuelle Lambert — *Giono, furioso*
6861. Danièle Sallenave — *L'églantine et le muguet*
6862. Martin Winckler — *L'École des soignantes*
6863. Zéno Bianu — *Petit éloge du bleu*
6864. Collectif — *Anthologie de la littérature grecque. De Troie à Byzance*
6865. Italo Calvino — *Monsieur Palomar*
6866. Auguste de Villiers de l'Isle-Adam — *Histoires insolites*
6867. Tahar Ben Jelloun — *L'insomniaque*
6868. Dominique Bona — *Mes vies secrètes*
6869. Arnaud Cathrine — *J'entends des regards que vous croyez muets*
6870. Élisabeth Filhol — *Doggerland*

6871. Lisa Halliday — *Asymétrie*
6872. Bruno Le Maire — *Paul. Une amitié*
6873. Nathalie Léger — *La robe blanche*
6874. Gilles Leroy — *Le diable emporte le fils rebelle*
6875. Jacques Ferrandez / Jean Giono — *Le chant du monde*
6876. Kazuo Ishiguro — *2 nouvelles musicales*
6877. Collectif — *Fioretti. Légendes de saint François d'Assise*
6878. Herta Müller — *La convocation*
6879. Giosuè Calaciura — *Borgo Vecchio*
6880. Marc Dugain — *Intérieur jour*
6881. Marc Dugain — *Transparence*
6882. Elena Ferrante — *Frantumaglia. L'écriture et ma vie*
6883. Lilia Hassaine — *L'œil du paon*
6884. Jon McGregor — *Réservoir 13*
6885. Caroline Lamarche — *Nous sommes à la lisière*
6886. Isabelle Sorente — *Le complexe de la sorcière*
6887. Karine Tuil — *Les choses humaines*
6888. Ovide — *Pénélope à Ulysse* et autres lettres d'amour de grandes héroïnes antiques
6889. Louis Pergaud — *La tragique aventure de Goupil* et autres contes animaliers
6890. Rainer Maria Rilke — *Notes sur la mélodie des choses* et autres textes
6891. George Orwell — *Mil neuf cent quatre-vingt-quatre*
6892. Jacques Casanova — *Histoire de ma vie*
6893. Santiago H. Amigorena — *Le ghetto intérieur*
6894. Dominique Barbéris — *Un dimanche à Ville-d'Avray*
6895. Alessandro Baricco — *The Game*
6896. Joffrine Donnadieu — *Une histoire de France*
6897. Marie Nimier — *Les confidences*
6898. Sylvain Ouillon — *Les jours*
6899. Ludmila Oulitskaïa — *Médée et ses enfants*
6900. Antoine Wauters — *Pense aux pierres sous tes pas*

6901.	Franz-Olivier Giesbert	*Le schmock*
6902.	Élisée Reclus	*La source* et autres histoires d'un ruisseau
6903.	Simone Weil	*Étude pour une déclaration des obligations envers l'être humain* et autres textes
6904.	Aurélien Bellanger	*Le continent de la douceur*
6905.	Jean-Philippe Blondel	*La grande escapade*
6906.	Astrid Éliard	*La dernière fois que j'ai vu Adèle*
6907.	Lian Hearn	*Shikanoko, livres I et II*
6908.	Lian Hearn	*Shikanoko, livres III et IV*
6909.	Roy Jacobsen	*Mer blanche*
6910.	Luc Lang	*La tentation*
6911.	Jean-Baptiste Naudet	*La blessure*
6912.	Erik Orsenna	*Briser en nous la mer gelée*
6913.	Sylvain Prudhomme	*Par les routes*
6914.	Vincent Raynaud	*Au tournant de la nuit*
6915.	Kazuki Sakuraba	*La légende des filles rouges*
6916.	Philippe Sollers	*Désir*
6917.	Charles Baudelaire	*De l'essence du rire* et autres textes
6918.	Marguerite Duras	*Madame Dodin*
6919.	Madame de Genlis	*Mademoiselle de Clermont*
6920.	Collectif	*La Commune des écrivains. Paris, 1871 : vivre et écrire l'insurrection*
6921.	Jonathan Coe	*Le cœur de l'Angleterre*
6922.	Yoann Barbereau	*Dans les geôles de Sibérie*
6923.	Raphaël Confiant	*Grand café Martinique*
6924.	Jérôme Garcin	*Le dernier hiver du Cid*
6925.	Arnaud de La Grange	*Le huitième soir*
6926.	Javier Marías	*Berta Isla*
6927.	Fiona Mozley	*Elmet*
6928.	Philip Pullman	*La Belle Sauvage. La trilogie de la Poussière, I*
6929.	Jean-Christophe Rufin	*Les trois femmes du Consul. Les énigmes d'Aurel le Consul*

6930. Collectif — *Haikus de printemps et d'été*
6931. Épicure — *Lettre à Ménécée* et autres textes
6932. Marcel Proust — *Le Mystérieux Correspondant* et autres nouvelles retrouvées
6933. Nelly Alard — *La vie que tu t'étais imaginée*
6934. Sophie Chauveau — *La fabrique des pervers*
6935. Cecil Scott Forester — *L'heureux retour*
6936. Cecil Scott Forester — *Un vaisseau de ligne*
6937. Cecil Scott Forester — *Pavillon haut*
6938. Pam Jenoff — *La parade des enfants perdus*
6939. Maylis de Kerangal — *Ni fleurs ni couronnes* suivi de *Sous la cendre*
6940. Michèle Lesbre — *Rendez-vous à Parme*
6941. Akira Mizubayashi — *Âme brisée*
6942. Arto Paasilinna — *Adam & Eve*
6943. Leïla Slimani — *Le pays des autres*
6944. Zadie Smith — *Indices*
6945. Cesare Pavese — *La plage*
6946. Rabindranath Tagore — *À quatre voix*
6947. Jean de La Fontaine — *Les Amours de Psyché et de Cupidon* précédé d'*Adonis* et du *Songe de Vaux*
6948. Bartabas — *D'un cheval l'autre*
6949. Tonino Benacquista — *Toutes les histoires d'amour ont été racontées, sauf une*
6950. François Cavanna — *Crève, Ducon !*
6951. René Frégni — *Dernier arrêt avant l'automne*
6952. Violaine Huisman — *Rose désert*
6953. Alexandre Labruffe — *Chroniques d'une station-service*
6954. Franck Maubert — *Avec Bacon*
6955. Claire Messud — *Avant le bouleversement du monde*
6956. Olivier Rolin — *Extérieur monde*
6957. Karina Sainz Borgo — *La fille de l'Espagnole*
6958. Julie Wolkenstein — *Et toujours en été*
6959. James Fenimore Cooper — *Le Corsaire Rouge*

Tous les papiers utilisés pour les ouvrages
des collections Folio sont certifiés
et proviennent de forêts gérées durablement.

Composition : IGS-CP à L'Isle-d'Espagnac (16)
Impression Novoprint
à Barcelone, le 16 mai 2022
Dépôt légal : mai 2022

ISBN : 978-2-07-294072-9 / Imprimé en Espagne

379289